八《や》色《いろ》ヨハネ先生

三宅 威仁
MIYAKE Takehito

文芸社

本作はフィクションであり、登場人物や出来事は作者による創作である。

1

同志社大学神学部元教授・八色《やいろ》ヨハネ先生は去る十一月一日に、一人暮らしをしていた大阪市西成区のアパートで死亡しているのが発見された。享年八十八。

八色ヨハネ先生は生粋《きっすい》の日本人であったが、「約翰《ヨハネ》」と名付けられた。

「珍しい」——とあなたは思うかも知れない。

しかし、私のようにキリスト教と関わりの深い仕事をしていると、聖書に由来する名前に出くわすことはさほど稀ではない。

私の教えた学生の中にも「サラ」がおり、「リベカ」がおり、「ルツ」がおり、「エリヤ」がおり、「イザヤ」がおり、「パウロ」がおり、そしてもちろん「マリア」がいた。

熱心な——余りにも熱心な——キリスト教徒は、自分たちの子どもに聖書から取った名前を付けたがるものである。彼ら／彼女らは信仰に目が眩《くら》んで、自分たちの子どもが茨の道を歩まねばならないことに気が付かないのだ。

「さすがに『イエス』はいないだろう」——とあなたは思うかも知れない。

しかし、「イエス」もいるのである。「よしや」がそれだ。

キリスト教徒が救い主と見なしている人物を、日本語では「イエス」と呼んでいるが、ヘブライ語では「ヨシュア」と発音する。従って、「善也」「芳哉」「よしや」といった名前を聞くと、彼の親がキリスト教徒であると考えてまず間違いがないのである。

実は、八色先生のお母さんも先生を「義也」と名付けたがった。イエスの名前と同じ響きであるのみならず、意味の上でも「義《ぎ》なり」とは誠に素晴らしい名前ではないか。

しかし、お父さんが「救い主イエス様と同じ名前を付けるのは余りにも畏《おそ》れ多い」と感じて「ヨハネ」にしたのである。聖書にはヨハネがたくさん登場するが、八色先生の名前は、イエスの先触れとなった洗礼者ヨハネから取られたそうだ。「お前は『主《しゅ》の道を備える者』なのだ」と父親はヨハネ少年によく語って聞かせた。尤《もっと》も、少年がそれをどこまで理解できたか定かではない。

当然のことながら、ヨハネ少年は幼いころから両親に連れられて足繁く教会に通った。食前や就寝前だけでなく、生活の隅々において父なる神に祈り、神の子イエスに親しみ、聖霊の導きを求めるように、両親から指導された。敬虔《けいけん》なユダヤ教徒の子どもたちは学校に入学する前から「シェマー・イスラエル（イスラエルよ、聞け）！」で始まる律法を暗唱させられるそうだ。それが彼ら／彼女らに初めて授けられる教育なのである。同様にヨハネ少年も、文字を習う前から胸の前で小さな両手を組み合わせ、「天にまします我らが父よ……」と「主の祈り」を唱えることを覚えた。

ところが、ヨハネ少年は、物心が付くに従い、自分が周りの子どもたちとは異なっていることに気付かざるを得なかった。近隣の子どもたちは日曜日に教会へ行きはしない。当時の子どもたちにとって日曜日は遊びか家事・家業の手伝いに充てられる日であった。

「僕はなぜ日曜日に友だちと遊んではいけないの？」——そう疑問をぶつけたヨハネ少年に、お父さんは答えた。

「私たちは神様から特別に選ばれた『残りの者』なのだ。『狭き門から入れ』とイエス様は教えられたではないか。大多数の人々は滅びに至る道を歩んでいる。私たちは彼らのようであってはならない」

ヨハネ少年が父親の諭しをどこまで理解できたか定かではないが、この回答の有効性は、少年の神に対する愛着と、この世に対する執着のどちらが強いかに掛かっていた。ごく幼い子どもは目に見えるものよりも目に見えないものを優先する傾向にある。と言うか、幼児たちには可視的な世界と不可視的な世界の区別が付かない。幼児たちが想像上の友だちと語らう姿を見れば、それは明らかであろう。しかし、子どもは成長するに連れ、目に見えないものの素晴らしさを忘れ、目に見えるものに没入し始める。ヨハネ少年も、まだ物心の付かなかったころには神と親しく語り合っていたのに、次第に目に見えない世界から抜け出して、目前の可視的な出来事にのみ拘泥《こうでい》するようになった。

さらに、その傾向に拍車を掛ける世界史的大事件が持ち上がった。ヨハネ少年が小学校に上がろうとするころ、日本に戦争があった。

もちろん、「満州事変」はヨハネ少年が生まれる前の出来事であった。従って、ヨハネ少年の生前から日本は戦争への道をひた走っていた。しかし、幼い少年には、遠い戦地での出来事は知る由もなかった。ところが、ヨハネ少年が小学校に入学してから暫くすると、日本は遂にアメリカと開戦した。真珠湾攻撃の知らせが届くと、大人たちは歓喜に沸き立ち、祝勝会を開いたり提灯行列を催したりした。ヨハネ少年も釣られてうきうきした気分になり、海の彼方で戦争が始まったことを朧《おぼろ》げながらも知るに至った。しかし、人々のそんな舞い上がった気分も長くは続かず、食料事情が悪化し、さらにＢ－29が本土に飛来するようになると、大人たちも日本が抜き差しならない事態に立ち至っていることを痛感するようになった。

小学校における教育は軍国主義一色に塗り固められていた。事あるごとに教育勅語が読み聞かせられ、天皇を現人神《あらひとがみ》として崇敬することが求められ、アジア諸国を西洋列強の植民地支配から解放する戦争の大義が説かれ、命を投げ打って戦地で戦う兵隊に対する感謝の言葉が唱えられ、自分たちも生きて虜囚の辱《はずかし》めを受けずに最後の一人になるまで戦うことを誓わされた。

しかし、幼いヨハネ少年の頭を混乱させたのは、忠君愛国の垂訓や戦争賛美のスローガンではなく、高天原《たかまがはら》を主宰する天照大御神《あまてらすおおみかみ》にはじまり、伊邪那岐命《いざなぎのみこと》・伊邪那美命《いざなみのみこと》の国生み、大国主神《おおくにぬしのかみ》の国譲り、瓊瓊杵命《ににぎのみこと》の降臨といった、日本の成り立ちを説明する物語であった。それは少年が幼いころから慣れ親しんできた聖書の物語とは余りにも掛け離れていた。

そのことをお父さんに問い質すと、「学校で教えているのは日本という一つの国や日本人という一つの民族の成り立ちを説明する物語だ。しかし、聖書にはそもそもこの宇宙の一切合切がどのようにして創られたか、そして最初の人間がどのようにして創られたかが書かれているのだ」と言われた。そこで、ヨハネ少年はとりあえずそう考えて自分を納得させることにした。父親はまた、学校で神様やイエス様のことを訊かれたら、「分かりません」と答えておきなさいとも言った。

小学校低学年のころは、キリスト教徒であることを理由にヨハネ少年がからかわれたりいじめられたりすることはなかった。周りの子どもたちもまだ幼過ぎて事情が理解できなかったのである。しかし、学年が上がるに連れ、時折「ヨハネ！　ヨハネ！」と囃《はや》し立てられるようになった。

高学年になったころ、戦況は一段と厳しさを増し、一度だけではあるが、遂に直接的な暴力を振るわれる事件が起きた。或る日、同じ小学校に通っていた、余り面識のない少年が道で突然、ヨハネ少年を呼び止め、尋ねた。

「お前は耶蘇か」

ヨハネ少年には「耶蘇」という言葉が「イエス」を意味することに気付くまでに数秒掛かった。その困惑の数秒間、ぽかんとして相手の少年を見詰めていると、突然、相手はヨハネ少年の左の頰を思い切り殴り、去って行った。

後に残されたヨハネ少年は余りの驚きにその場で立ち尽くしてしまった。頰は痛かったが、肉体的な痛みは問題ではなく、出来事の理不尽さに、自分には全く理解できない暴力が突如降り掛かり得ることに、驚愕した。

八色家の人々が通っていた教会には牧師が二人いた。二人とも男性で（当時は女性の牧師など殆《ほとん》どいなかった）、一人は老人で、一人は若者であった。とは言え、年長の牧師は、ヨハネ少年の目から見て年老いて見えたというだけで、実際にはそれほど高齢ではなかったらしい。若い牧師は、これもヨハネ少年の知るところではなかったが、まだ「補教師」と呼ばれる殆ど見習いのような存在であったらしい。

年長の牧師は教団本部の要請に応えて朝鮮半島に渡って行った。若い牧師は、健康な日本人男性の務めとして、ごく普通に召集され、ごく普通に戦地に送られた。牧師を失った教会は、一般信徒だけで細々と礼拝を守っていた。

本土に対するB－29による空爆の脅威が差し迫ったころのこと、町内会で消火訓練をしようということになった。役員が教会にやって来た。「こんな状況ではいつなんどき爆弾や焼夷弾が落ちてきて火事が発生するかも知れません。国防訓練の一環としてバケツリレーの練習をします。教会が火事になり、それを消し止めるという想定で、教会の建物に向かって水を掛けさせていただきたいのですが。こんな立派な建物なので、水を掛けてもびくともしないでしょう」

八色家の人々が通っていたのは、明治初期に創立された由緒ある教会であった。当初は単なる民家に集まって礼拝していたが、やがて独立した礼拝堂を建て、何度か増築や移築を繰り返した後、大正末期になって現在の場所に、小さいながらも石造りの教会堂を建てた。ちょうど関東大震災が発生した直後で、当時としては最新の耐震構造を備えていた。

窓には幾何学模様で構成されたステンドグラスが嵌め込まれていた。晴れた日には午後になると、西から差し込む光によって赤や青や緑や橙の円や矩形が壁や床に浮かび上がる。太陽が傾くに連れ、それらの図形が徐々に形を変えながらゆっくり移動するのを見るのがヨハネ少年は好きであった。それは目に見える世界と見えない世界を繋ぐ色鮮やかなリボンの結び目のように思われた。

戦前・戦中期、八色家の人々が住んでいた町には木造家屋ばかりが立ち並んでいたが、その中でそうした石造りの建物は珍しかった。とは言え、石造りは外装だけで、中の天井や床や祭壇や椅子は木造である。火事が発生する可能性がないとは言えない。

教会員たちには何かしら不安な予感があった。しかし、まさか実際に教会に火を点けることはあるまい。それに、周囲の「愛国者たち」から常日頃《つねひごろ》、疎《うと》んじられている教会が、こういう形ではあるにせよ、役に立てるというのは嬉しいことでもある。教会員たちは同意した。

当日、町内会の人々は井戸から教会まで一列に並んだ。召集されずに町に居残っていた年老いた男たちが、力を振り絞って手押しポンプで地下水を汲み上げ、バケツに入れ、先頭の者に手渡す。

バケツリレーが始まった。バケツは並んだ人々の手から手へと順番に受け渡されていく。人々は或る種の喜びを押し隠しながら教会に向かって水を浴びせ掛ける。

もちろん、教会員たちは教会の窓を全てきっちり閉め、扉にはしっかり鍵を掛けた。ところが——ふと見ると、窓の一枚が大きく開いているではないか。

しかも、人々はわざわざその開いている窓を目掛けて水を浴びせているようなのだ。あっと思ったときには既に手遅れであった。床も壁も、そして書棚に並べられた聖書や讃美歌も全て水浸しになっていた。

ヨハネ少年のお父さんは徴兵検査のとき、たまたま酷い風邪を引いていたところをより重篤な病気と間違えられて徴兵を免除され、国民兵役に回されていた。しかし、戦局が悪化すると、遂にお父さんの許《もと》にも召集令状が届き、「八色君、万歳！」の合唱と共に中国大陸に送り出された。お母さんはヨハネ少年を日本海側に疎開させようと画策したが、事がうまく運ばず、空襲警報が鳴るたびに二人で頭巾を被って防空壕に隠れる日々が続いた。

戦争が長引くに連れて、とうとう教会にも石が投げ込まれ、窓ガラスが割られるようになった。もはや教会で礼拝を守ることはできなかった。「もしかすると、間違っているのは自分たちの方ではないか」——ヨハネ少年が殆どそう思い込みそうになったときのことである。戦争が終わった。

お父さんは名誉の戦死を遂げることなく生き延び、極端な栄養失調の状態で中国から引き揚げて来た。彼は妻や息子に戦争のことを決して語らなかった。ヨハネ少年はたった一度だけ、父親が他の教会員に向かって「自分は食糧調達係のような仕事を命ぜられていたので、最前線で敵兵と戦ったことは殆どなかった」と話しているのを、傍らで聞いたことがあるくらいである。戦後、父親はますます信仰に篤くなり、絶えず神に赦しを乞うていた。

若い牧師も帰還した。彼は、上等兵や仲間から「牧師！　牧師！」と呼ばれてからかわれたが、差別を受けたりいじめられたりすることはなかったそうだ。「その点、私は本当に仲間に恵まれていました」と彼は教会員に語って聞かせた。「キリスト教徒というだけで、毎日殴られた人もいたのですから」

八色先生の両親をはじめとする教会員たち、それを見習ってヨハネ少年も、年長の牧師の行方を案じていた。ところが、終戦後、詳細が分かってみると、何のことはない。この人は教団本部の委託を受けて、日本に併合された朝鮮に渡り、現地在住の日本人キリスト教徒や、時には朝鮮人キリスト教徒に対しても、神社参拝はキリスト教信仰に抵触しないことを説いて聞かせていたのである。彼は二度と戻っては来なかった。

戦争が終わると、何という運命の逆転であろうか、教会に人々が押し掛けて来るようになった。八色家の人々や他の古くからの教会員たちは、逆にちやほやされるようになった。新しく教会にやって来た人々の一部は、大日本帝国の崩壊と天皇の人間宣言を受けて、それまでの世界観・人生観・価値観が潰《つい》え去ってしまい、精神的な支えをキリスト教の中に見出そうとしていた。しかし、他の大部分の人々は、アメリカの慈善団体から送られてきた援助物資のお零《こぼ》れに与ろうとして教会の門を叩いたのである。教会にはそうした団体から小麦粉や脱脂粉乳や砂糖や塩や缶詰が配給されていた（尤も、ずっと後になってから八色先生が知ったことであるが、援助物資の幾分かは教会には届かずに、怪しげなルートを通って闇市に流されていたそうだ）。

日本中が飢えていた時代である。生真面目な裁判官が闇米の購入を拒否して配給食糧のみに頼った結果、栄養失調で餓死するという事件が起こったのもこのころである。神の言葉よりもパンを求めて教会へ来る人々を責めるわけにはいかない。たとえパン目当てであっても、教会が人々で溢れることを、牧師や教会員は殊《こと》の外《ほか》喜んでいる様子であった。

しかし、教会に人々が詰め掛けるのを見て、ヨハネ少年は喜ぶどころか、不信感を抱くことになった。

「これらの大人たちは『信念』と呼べるものを持っているのだろうか。

これらの大人たちはつい先日まで『鬼畜米英』などと叫びながら戦争を賛美していた連中だ。それが今では根っからの平和主義者ででもあるかのような顔をして悪びれた様子もなく取り澄ましている。

これらの大人たちはキリスト教を『敵性宗教』と呼んで軽蔑していた連中だ。それが今では生まれながらのキリスト教徒ででもあるかのような振りをして平然と教会に来ている。

状況が変われば、またいつなんどき、手の平を返したように裏切るかも知れないのだ」

ヨハネ少年の予想通り、日本の食糧事情が改善すると共に、礼拝堂を満たしていた人々の多くが教会からあっさりと去って行ってしまった。もちろん何人かの人々は残って洗礼を受けるまでになったのではあるが——。いずれにせよ、ヨハネ少年の心には周囲の大人たちに対する嫌悪感が根を下ろすことになった。

それに加えて、ヨハネ少年は中学校、高等学校へと進んで科学的な世界観を学んでいくに従い、自分たちが選ばれたエリートなのではなく、時代遅れの迷信を信じている頑迷固陋《がんめいころう》な変わり者の集団にしか過ぎないことに気付いた。「キリスト教徒なんて、神が六日間で天地を創造したり死者が復活したりといった荒唐無稽な神話を信じ込んでいる阿呆どもではないか。科学こそが真理に至る道なのだ」

理系に進むことを志したヨハネ青年は部屋に閉じ籠もり、真空管やアンテナを弄《いじ》るのに喜びを見出すようになった。しかし、人間は他者との関係をすっかり切り落とした状態では生きられないらしい。少しでも面識のある周囲の大人たちに対する不信と嫌悪に陥っていたヨハネ青年は、孤独を埋め合わせるかのように、全く見ず知らずの人々との接触を試み始めた。

彼はアマチュア無線なるものに凝り始めた。通信講座で勉強し、国家試験に合格して免許を取り、安価ながらも一通りの機器を買い揃え、仕組みの簡単なものは手作りして開局し、世界中の（と言っても、たいていは日本国内止まりであったが）愛好家と交信し始めた。

「ＣＱ、ＣＱ、こちらＪＡ３ｘｘｘ。応答、願います。ＣＱ、ＣＱ、こちらＪＡ３ｘｘｘ！」

応答があったときの喜びがヨハネ青年を孤独から救った。「こんなに簡単な機械で世界と繋がることができるのだ。俺は電気工学を学び、エンジニアになろう」と考えた。教会にも寄り付かなくなった。

ヨハネ青年の心が神から離れていく。――そのことを心配した両親は牧師に相談した。この牧師は、戦前にいた年長の牧師（彼は二度と姿を現さなかった）でも若い補教師（彼は別の教会へ主任牧師として転任して行った）でもなく、戦後、新しく着任した牧師である。

数日後、牧師はヨハネ青年の部屋を訪れ、アマチュア無線の機械や通信方法を見せてくれと頼んだ。ヨハネ青年は自慢げに実演してみせた。一通り見終わった後で牧師は言った。

「なるほど、この機械で世界中の人々と話せるというわけだね。しかし、ヨハネ君、それで神様の声が聞こえますか。聞こえるのは人間の声、罪深い人間の声だけでしょう。それよりも重要なのは神様の声を聞くことです」

「神様の声など聞こえないではありませんか。どれほど祈っても、神様は語り掛けてくださらないではありませんか」

「ところが、神様の声を聞く手段がたった一つだけあるのですよ。それは聖書です。聖書を読むことです。神様の声は聖書に書かれているのです。君は神様の声を聞きたくありませんか」

「馬鹿げたことを！」とヨハネ青年は心の中で思った。「聖書こそ人間のでっち上げた妄想ではないか！」

しかし、牧師の言葉は、もともと天の邪鬼であったヨハネ青年の心に火を点けた。聖書の化けの皮を剝がしてやりたいという思いが湧き上がってきた。

さらに、極めて形而下的な問題があった。両親は、もし大学でキリスト教神学以外の学問を学ぶというのであれば、学費はもちろんのこと、生活費も出さないと脅したのだ。

私は神学部の教員として、神学部への入学を希望する我が子に対して「宗教のような下らないものを学ぶというのであれば、学費を出さない」と言い放った親を何十人と知っているが、八色先生の両親は全く逆のことを言ったわけである。二人はヨハネ青年が牧師になることを強く望んでいた。

「お父様は先生に工場を継いでもらいたいとは思われなかったのでしょうか」――八色先生からこの話を聞かされたとき、私は先生に尋ねた。八色先生のお父さんは小さな町工場を営んでいて、エボナイトやセルロイドのブロックを手作業で削り出して万年筆や鉛筆ホルダーを作っていた。

「いや、工場と言っても、両親と、職人が二人か三人働いているだけの、いつ潰れてもおかしくない零細企業でしたからね。万年筆の国内シェアは大手三社が占めていて、うちの会社が延びる余地はなかったし、ちょうど普及し始めたボールペンに圧《お》されて売り上げはどんどん減っていくし――。父親は自分が年老いたら、工場は畳むつもりのようでした。

両親は戦前の、世の中が軍国主義に染まろうとしている時代に教育を受けて育った世代です。もちろん大学には行っていません。大学で自由にキリスト教神学を学ぶことは両親にとって憧れであり、叶わぬ夢であったのです。その実現を私に託したのでしょう」と先生は言った。余談ではあるが、お父さんが亡くなった後、道具や機械や原材料の全てを職人の一人が引き継ぎ、現在でも手作り万年筆の製造を細々と続けているそうだ。

ヨハネ青年には学費と生活費を自力で稼ぎ出すだけの才覚はまだなかった。彼は考えた。「とりあえず神学部に入学し、二年後に工学部に転部すればよいではないか。転部のことは両親には黙っていればよい。バレたとしても、残りの二年間の学費くらいは自分で稼げるだろう。神学部にいる二年間に、聖書の化けの皮を剝がしてやるのも面白かろう」

日本にはキリスト教神学が学べる大学は指で数えるほどしかない。その中でも最も自由主義的《リベラル》な同志社大学を選んで受験することにした。

聖書に対して、教会に対して、伝統に対して、どんな異教徒や無神論者よりも厳しく批判的な目を向けてきたのは、他ならぬリベラルなキリスト教徒であった。「自己批判」のコンクールがあれば、リベラルなキリスト教徒は間違いなく優勝するだろう。彼ら／彼女らは聖書の虚偽、教会の偽善、伝統の過誤に対して徹底的な批判を行ってきた。その中でも最もリベラルな、最も批判的なキリスト教徒が同志社大学神学部の教員を務めていた。

既に戦前から、熱心なキリスト教徒の間では「同志社大学神学部へ行くと信仰をなくす」と言われていた。

何しろ旧約聖書を専門に研究している教授が教室で「モーセは実在しなかったかも知れません。と言うよりも、その可能性が極めて大きいのです。つまり、モーセの物語は殆どがフィクションです。聖書に書かれている出来事の大半は、歴史上、実際に起こったことではありません」などと平気で発言するのである。逐語霊感説を信じていない学生でも、聖書に対して僅《わず》かでも信服を置いていれば、また神に対して多少なりとも畏敬の念を抱いていれば、畏れか憤りで体が震えよう。さすがに「イエスは実在しませんでした」と言い放った教員はいなかったが――。

入学後、一年目は専ら一般教養科目と語学を学ぶのに費やされ、神学部で行われている専門科目は殆ど履修しなかった。二年目になり、いよいよ専門科目を受講し始めるようになると、ヨハネ青年は主に聖書に関する科目を選んで履修した。プロテスタント・キリスト教神学は「聖書神学」「歴史神学」「組織神学」「実践神学」の四分野に分かれている。[1]その中の聖書神学を専攻することに決めたのである。「聖書の化けの皮を剝がそう」としたのだ。

ヨハネ青年が二回生になってから間もなくのこと、「新約聖書原典講読」の授業での出来事であった。新約聖書は「コイネー」と呼ばれるギリシャ語で書かれている。コイネー・ギリシャ語を少なくとも一年間は学んだ学生だけが登録履修を許される科目で、ヨハネ青年は一回生のときに既にギリシャ語の基礎をマスターしていた。受講者は割り当てら

1 同志社大学大学院神学研究科のカリキュラム・ポリシーから引用すると、
「聖書神学」は「キリスト教の正典である旧約聖書ならびに新約聖書のテキスト（原典）を現代聖書学の多様な方法論を用いて解釈し、聖書の成立過程や現代に至るまでの影響史なども主体的に考察することにより、聖書に関する専門的な知識・技能を習得する」。

「歴史神学」は「キリスト教の歴史的展開を社会・文化・政治・経済などとの関わりを考慮しつつ探究し、特にアメリカ、イギリス、ドイツ、アジア、日本などの地域における宗教の実態や機能を解明することにより、キリスト教史に関する専門的な知識・技能を習得する」。

「組織神学」は「キリスト教の思想や、現代社会における宗教や倫理に関連するテーマを研究し、特に現代世界が直面している環境問題や生命倫理などの諸問題を主体的に考察することにより、キリスト教思想に関する専門的な知識・技能を習得する」。

「実践神学」は「教会・礼拝・説教など、キリスト教信仰の具体的な形態や現象と、社会におけるキリスト教の働きを研究し、特に人間が抱える生と死の問題などを理論的・実践的に考察することにより、キリスト教の実践に関する専門的な知識・技能を習得する」。

れた聖書箇所を原文で読んで日本語に翻訳する。その後、教師が文法を解説し、趣旨を解釈する。

ヨハネ青年には「ルカによる福音書」の第19章第1～10節が割り振られた。「取税人ザアカイの物語」である。[2]

ヨハネ青年はまずギリシャ語で担当箇所を朗読し、次に一文ずつ和訳していった。

さて、イエスはエリコにはいって、その町をお通りになった。ところが、そこにザアカイという名の人がいた。この人は取税人のかしらで、金持であった。彼は、イエスがどんな人か見たいと思っていたが、背が低かったので、群衆にさえぎられて見ることができなかった。それでイエスを見るために、前の方に走って行って、いちじく桑の木に登った。そこを通られるところだったからである。イエスは、その場所にこられたとき、上を見あげて言われた、「ザアカイよ、急いで下りてきなさい。きょう、あなたの家に泊まることにしているから」。そこでザアカイは急いで下りてきて、喜んでイエスを迎え入れた。人々はみな、これを見てつぶやき、「彼は罪人の家にはいって客となった」と言った。ザアカイは立って主に言った、「主よ、わたしは誓って自分の財産の半分を貧民に施します。

また、もしだれかから不正な取立てをしていましたら、それを四倍にして返します」。イエスは彼に言われた。「きょう、救いがこの家にきた。この人もアブラハムの子なのだから。人の子がきたのは、失われたものを尋ね出して救うためである」。

ヨハネ青年にとっては幼いころから聞かされてきた物語であった。子どものころ、両親が買い与えてくれた『せいしょものがたり』という絵本の中にもこのエピソードが掲載されていて、木に登ったザアカイを下から見上げる温和なイエスの挿絵を今でも覚えていた。しかし、理系を志すようになってからは、二千年前のパレスチナで二人の男が出会ったというだけの、歴史的重要性もなければ、二十世紀後半の日本社会に生きている自分とは何の関係もない、詰まらない話に成り下がっていた。

新約聖書学教授の解説が始まった。

「『取税人』というのは、この当時、ユダヤの人々を占領・支配していたローマ帝国のた

2　八色先生が学生であったころには「取税人」と訳されていたギリシャ語〈τελώνης〉は、現在では「徴税人」と訳されている。

めに税金を取り立てる仕事をしていた人々です。

このザアカイという人は金持ちであったと書かれていますから、もともと財産があったのか、或いは賄賂を取ったり、あくどい取り立てをしたりしていたのかも知れません。

聖書には取税人は皆、極悪非道の悪人であったかのように書かれていますが、ザアカイのようには金持ちでない取税人、つまり下っ端の取税人は、実は今で言うところのNHKの集金人みたいな存在でして、上の役人からはもっと税金を集めてこいと責められ、下の民衆からはローマの手先となってユダヤの人々を裏切り、金を儲けている罪人だとして非難される――そうした損な役目を引き受けていたのでした。

いずれにせよ、取税人であったザアカイは人々から嫌われ、仲間に入れてもらえませんでした。19章3節に『背が低かったので、群衆にさえぎられて見ることができなかった』と書かれていますが、この言葉がザアカイの状況を、つまり、金持ちではあるものの、人々から忌み嫌われ、人々の交わりから切り離されて孤独に陥っていたザアカイの姿を象徴的に表わしています。

このザアカイが、近頃、評判になっているイエスという有名人が町にやって来るというニュースを聞き付けました。

イエスが奇跡的な力で病気を治すということは噂されていましたから、イエスの許には病気を治してもらいたいという人々が大勢集まっていました。

ザアカイは病気を治してもらいたいといった切羽詰まった悩みを抱えていたとは書かれていません。ザアカイの場合、孤独から救ってもらいたいと心のどこかで考えていたのでしょうか。或いは単に、イエスという有名人の姿形を外から眺めたいという、言わば珍しいもの見たさで木の上に登ったのかも知れません。

しかし、そうしたザアカイに思い掛けないことが起こります。

イエスの方からザアカイに目を留め、イエスの方から声を掛け、ザアカイをイエス自身との人格的な関係の中に招き入れたのです。

それまで人々から罪人として忌み嫌われ、爪弾きにされていたザアカイ、金持ちではあるが孤独な日々を送ってきたザアカイが、イエスから呼び掛けられることによって、人間関係の温かい交わりの中に組み込まれた――その喜びが、この物語には描かれています。

イエスの救いの業《わざ》について、聖書には病気治しや悪霊退治などの物語もたくさん描かれています。しかし、イエスの救いの業の本質とは、このザアカイの物語に見られるように、人々の交わりから切り離されていた罪人や病人や貧しい人々を、イエス自身との人格的な関係の中に招き入れることです。しかも、そうした救いをイエスは、ザアカイが悔い改める前に無償で、ただでもたらしたのであり、ザアカイの悔い改めは救いの前提条件ではなく、結果です。ザアカイが心を入れ替えたので、イエスが赦したのではなく、イエスが赦したので、ザアカイは作り変えられて周囲の人々を愛せるようになったのです」

「へえ、そうかい。ザアカイよ、よかったな」とヨハネ青年が他人事のように考えたときである。突然、聖書の中から声が聞こえてきた。

「**八色ヨハネよ――**」

「ちょっと待ってください」――この話を聞いていた私はここで八色先生を遮った。「それはどんな声でしたか。モーセや古代イスラエルの人々が聞いたと言われる、雷鳴が轟《とどろ》き角笛が鳴り響くかのような声でしたか。それとも、エリヤが聞いた静かに囁く声でしたか。男の声でしたか。女の声でしたか。日本語でしたか。ギリシャ語でしたか。ヘブライ語でしたか。アラム語でしたか」

「その声には音が伴っていなかったのです」

「音が伴っていなかった？」

「つまり、活字を黙読するときのように、音は伴わず、意味だけが私の心に聞こえてきたのです」

「つまり、『声が聞こえた』というよりも、そういう『考えが頭に思い浮かんだ』ということですね」

「そうとも言えますが、より正確に言えば、そういう『音のない声が私の頭の中に投げ込まれた』ということになりましょうか」

私は心の中で「要するに、この人は声が聞こえたような『気がした』だけなのだ」と思った。しかし、もちろんそれは口には出さず、「先生、どうぞお話を続けてください」と言った。


突然、聖書の中から声が聞こえてきた。

「八色ヨハネよ、急いで下りてきなさい。きょう、あなたの家に泊まることにしているか

ら」

イエスから語り掛けられ、呼び求められているのは、最早ザアカイではなく、八色ヨハネ青年自身であった。音の伴っていない「声なき声」ではあったが、明瞭に聞き取れた。単なる空耳や独り言として片付けることはできなかった。イエスから「今晩、泊まりに行く」と呼び掛けられ、ヨハネ青年はそれに対して答えを迫られることになった。「断るか。とりあえず一晩だけ泊まってもらい、翌朝になったらお引き取り願うか。時々招いてもてなすか。こちらから定期的に会いに行くか。或いは、ペテロやアンデレやその他の直弟子たちのように、全てを捨てて付いて行くか」

ヨハネ青年が決断するまで、声は鳴り響くことをやめなかった。声は執拗《しつよう》に呼び求めた。――「お前の所に行くことに決めたのだ。私にはお前が何としても必要なのだ」――そして、ヨハネ青年は結局、イエスを迎え入れてもてなしたうえ、付き従って行くことに決めたのである。と言うか、決めざるを得なかったのである。

「では、『救い』とはこのことだったのか。こんな単純なことだったのか」とヨハネ青年は改めて気付いた。

「俺は長い間、不思議に思っていたのだ。『神』のような、いるのかいないのか分からないものに祈って何になるのかと。

キリスト教徒になったからといって、金が儲かるわけでもない。病気が治るわけでもない。争い事が鎮まるわけでもない。いったい何の得があるのか、とよく疑問に思っていたのだ。

ただイエスから語り掛けられるだけ。ただイエスから呼び求められるだけ。ただイエスと人格的に結ばれるだけのことなのだ。

金が儲かるわけでも、病気が治るわけでも、争い事が鎮まるわけでもないが、俺が貧困に喘ぎ、病気に苦しみ、揉め事に辟易《へきえき》しているとき、イエスが側にいて寄り添い、俺の苦悩を分かち合い、共に耐え忍んでくれるのだ。『救い』とはただそれだけのことであり、そして、結局のところ、それだけで十分なのだ」

キリスト教には「回心」という概念がある。回心とは、酒やギャンブルに溺れていた人、あくどい金儲けに奔走していた人、犯罪に手を染めていた人、その他の邪欲や悪癖に捕らわれていた人、しかも、そんな自分が嫌で、自己嫌悪に陥っていた人のところへ、聖霊が訪れて、彼/彼女の心をすっかり洗い清めて作り変えてくれるという体験である。ヨハネ青年の場合は、邪欲や悪癖に毒されていたわけではないが、彼の心は神から離れ掛かっていた。そんなとき、聖書から聞こえてきたという「声」が彼を呼び止め、神の方へと振り向かせたのである。これを八色先生の「回心」と呼んでもよいであろう。

この体験があった後、聖書に書かれている出来事は、何千年も前に起こった荒唐無稽な物語ではなく、全てヨハネ青年自身に向けて語られる「声」となった。

ある人に百匹の羊があり、その中の一匹が迷い出たとすれば、九十九匹を山に残しておいて、その迷い出ている羊を捜しに出かけないであろうか。もしそれを見つけたなら、よく聞きなさい、迷わないでいる九十九匹のためよりも、むしろその一匹のために喜ぶであろう。

「この迷い出た一匹の羊とは、他の誰でもない、俺のことを指しているのだ。俺一人のことを指しているのだ」とヨハネ青年は考えた。彼は聖書研究に真剣に打ち込むようになった。もともと語学の才能があった青年は、英語やギリシャ語だけでなく、ヘブライ語、ラテン語、ドイツ語もマスターした。学部を卒業し、大学院修士課程を修了した後、シカゴ大学神学校に留学した。

当時はまだ一ドルが三百六十円に固定されていた時代で、アメリカ留学など、経済的な観点から見て、夢のまた夢であった。ところが、フルブライト奨学金に応募すると、自分でも驚いたことに、イエスの語った「狭き門」よりもさらに狭い倍率の選考に合格し、学費と最低限の生活費が保障されることになった。両親も大いに喜んで、自分たちの食費を削ってまでヨハネ青年を支援してくれた。

アメリカのプロテスタント・キリスト教諸教派は、幕末のころから日本に宣教師を大勢送り込んできた。その努力にも拘《かかわ》らず、日本にはキリスト教がちっとも根付かない。日本人の中から優秀な聖書学者を育て上げれば、日本にキリスト教を広めるのに少しは役立つかも知れない――奨学生の選考に当たったアメリカ人たちはそう考えたのではないかと、私は勝手に憶測している。

シカゴでは『セプチュアギンタ（七十人訳聖書）』と呼ばれるギリシャ語訳旧約聖書を研究した。旧約聖書はヘブライ語で書かれているが、紀元前三世紀ごろからギリシャ語に翻訳され始め、紀元前一世紀ごろには完成したと言われている。ヘブライ語には時制が完了形と未完了形の二種しかない。ところが、ギリシャ語には時制が七種もある。ヨハネ青年は博士論文で、ヘブライ語をギリシャ語に翻訳した際、二種しかない時制を七種に訳し分けるうえで生じた問題について論じ、高く評価された。博士号を取得して帰国すると、直ちに母校である神学部に採用され、新進気鋭の聖書学者としてのスタートを切った。

ところが、それはちょうど学生運動が華やかなりしころのことであった。革命の理想に燃えた少数の学生と、彼ら／彼女らに何となくシンパシーを感じたそれなりの数の学生が、バリケードを築いて学内に立て籠もり、幾つかの建物を、或いは大学全体を封鎖する事態が相次ぎ、休講の連続で、授業が殆どできなかった。責任ある役職に就いていた教員は毎日のように吊し上げられた。八色先生は赴任したばかりで、そもそも学生たちにその存在を認知されておらず、相手にされなかった。

一度だけ、講義をしていると、ヘルメットを被り、タオルで顔の下半分を覆い隠し、ゲバ棒を持った学生が何名か隊列を組み、「ピッピッ、ピッピッ」と笛を吹きながら教室に入って来て「先生は古文書の解釈学がご専門であるらしいが、そんな学問が、日帝の資本主義体制によって搾取・疎外されている労働者の解放にどのように寄与するのか」と議論を吹き掛けてきた。八色先生は「議論であれば、休み時間に行いたい。今は授業時間なので、授業を行う。出席している諸君の授業を受ける権利を奪わないで欲しい」と懇請したが、聞き入れてもらえない。仕方なく、「確かに、私が聖書を解釈したところで、労働者の賃金が上がるわけでも労働環境がよくなるわけでもない。しかし、例えば二千年前のパレスチナにおいて労働者を含む大衆がどのような劣悪な状況に置かれていて、どのような辛酸を嘗めていたか、そして、イエスやパウロがそれをどのように解決しようとしたかを知ることは、現代社会に生きている我々が同様の問題に取り組む際の手掛かりになる」という主旨の発言をしたが、押し問答が延々と続いた。そうこうするうちに、授業時間の九十分が過ぎ、終了を告げるブザーが鳴った。すると、相手は「時間が来たので、今日はこれまで。この続きは次回、行う」と言って帰って行った（時間はきっちり守る学生たちであった）。先生は「これが毎週、続くのか」と些か気が重くなったが、学生たちは、何かより重要な事案が発生したのか、先生の授業には二度と戻って来なかった。「俺にとっては俺の授業が世の中の何よりも重要だが、他の全ての人にとっては世の中の他の全ての事柄の方が俺の授業よりも重要に違いない」と先生は考えた。

2

語学に秀で、古典文献の解釈において独創的な才能を発揮したヨハネ青年ではあったが、「恋愛」の分野においては極端なまでに無知で、女性と付き合ったことはなく、結婚を考えたこともなかった。ところが、長い留学生活を終えて帰国すると、意外にも学部時代の同級生の一人が彼の帰りを待っていた。確かに同級生の中ではヨハネ青年と親しかった女性ではあったが、手を握ったこともなく、留学中もクリスマスカードを交換するくらいで、これと言った連絡も取り合っていなかった。彼女は在学中に教職課程を履修して中学校・高等学校の教員免許を取得し、卒業後は近くのキリスト教主義学校で「聖書科」の非常勤講師をしていた。

「恐らく妻は、私のことが好きだったというよりも、誰かを『待つ』という行為そのものに憧れを抱いていたのでしょう。つまり、『いつか白馬に乗った王子様が私を迎えに来てくれる』という妄想に心をときめかせていたわけです。自分をシンデレラのように感じ、そんな自分に酔い痴れていたのですね。妻は実際には『シンデレラ』には似ても似つかぬ女性だったんですけれども。尤も、私にしても『王子様』と呼べるような代物《しろもの》ではありませんでしたが」――この話を私に語って聞かせているとき、八色先生はそう説明した。

「これだけ待っていてくれたものを、今さら断るわけにはいかない」――相手の両親のみならず、ヨハネ青年の両親も、指導教授までが口を揃えてそう言うので、結婚した。指導教授が仲人を務めた。

「俺はこの女を本当に愛しているのだろうか」と八色先生は、結婚後も自問することがあった。「俺はこの女に対して心のときめきというものを感じたことがないではないか。胸が熱く燃えるような、震え騒ぐような、それでいて締め付けられ喘ぐようなときめきを。誰かを愛すると、その人は周囲の情景から浮かび上がり、光り輝いて見えるものだ。そんな気持ちになったことがないではないか。これでも『愛する』ということなのだろうか。こんな気持ちで結婚生活を続けていてもよいのだろうか」――ずっと後になって（結婚後、二十年近く経ってから）、先生はどれほど奥さんを愛していたか思い知らされることになった。

私はここで奥さんの人となりを描き出すことができればよいのにと思う。しかし、残念ながら、それはできない。私は奥さんにお会いしたことがない。先生から奥さんの容姿について聞いたこともないし、写真を見せてもらったこともない（先生の死後、分かったことだが、先生は奥さんと娘さんの写真を常に持ち歩いていたにも拘らず。ここでついでに述べておけば、私は娘さんの容姿も知らない。父親似であったか母親似であったか、目は円らであったか切れ長であったか、髪は長かったか短かったかなど、何も知らない）。

二人が揃って卒業した学年の卒業アルバムには奥さんの写真が掲載されているのではないかと思って探してみた。まず大学図書館で蔵書を調べたが、卒業アルバムの保管が始まったのは一九七七年からで、それ以前のものは所蔵していないことが分かった。次に広報課に問い合わせたところ、そもそも卒業アルバムというものは大学の正規刊行物ではなく、学生の任意団体が作成しており、卒業アルバム編集委員会が寄贈してくれた年のものだけは保管しているが、二〇〇六年以降のアルバムが何冊かあるだけだと言われた。卒業アルバム編集委員会のメンバーは殆どがカメラ部の部員なので、カメラ部の部室にまで出向いて行き、漸くその年のアルバムを見付けた。ところが、奥さんも先生も写っていなかった。卒業アルバムには全く関心がなく、撮影に参加していなかったらしい。

結婚というものに何の予断も期待も抱いていなかったので、結婚生活は却《かえ》ってうまくいった。何事も奥さんの言う通りにしたのである。奥さんは率先して決断し、実行に移すタイプの女性だったらしく、家政に対して何の見解も持っていなかった八色先生とは相性がよく合った。

初めの数年間は子どもができなかった。二人共、三十代の半ばを超え、殆ど諦め掛けたとき、奥さんが妊娠した。

奥さんは高齢での初産であったので、周囲の人々は心配した。予想通りの難産で、結局、帝王切開することになったが、幸い母子共に命に別状はなかった。

八色先生が病院に駆け付けると、赤ちゃんは念のため保育器に入れられていた。赤ちゃんは、少しでも取り扱い方を間違えると、壊れてしまいそうなほどひ弱に見えた。しかし、既に自己主張をするかのように手と足を上方に向けて精一杯突き出し、双方の手に五本ずつ並んだ可愛い指は物を摑んだり放したりする仕草を繰り返していた。赤ちゃんは自分の命を、両親をはじめとする周囲の人々にすっかり依存しており、それでいて、そのことに全く気付いていないのであった。「幼子《おさなご》のようにならなければ、天国に入ることはできない」という聖句が先生の脳裏に浮かんだ。

赤ちゃんに名前を付けるときになって、八色先生と奥さんの間に一悶着持ち上がった。奥さんは聖書から取った名前を付けたがった。先生の脳裏に、子どものころ、「ヨハネ！ヨハネ！」と囃し立てられた記憶が蘇ってきた。娘に同じ茨の道を辿らせるわけにはいかない。

私がこの記録を書き留めている令和の時代であれば、子どもにどれほど奇妙な名前を付けても、或いはもう誰も気にしないかも知れない。しかし、時代はまだ昭和であった。それまでは奥さんの意見に逆らったことなどなかった八色先生ではあったが、この件に関してだけは、自分の苦い体験を話して聞かせ、反対した。だが、奥さんも譲らなかった。そこで、折衷案を模索することになった。新約聖書はコイネー・ギリシャ語で書かれているが、イエスの話していたアラム語がそのまま保存されている聖句が、僅かながらではあるが、何箇所かある。「マルコによる福音書」に「タリタ、クミ」という言葉が記録されている。これは「少女よ、起きなさい」という意味である。「クミ」が「起きなさい」に相当する。この言葉を取って「久美」という名前はどうか。先生はそう提案した。たまたま奥さんの名前は「真美子」であり、それに似ていることもあって、奥さんもこの案を承認し、こうして娘さんは「久美」と名付けられることになった。

八色先生には赤ちゃんが猛烈な速さで成長しているように思われた。自分が子どものころは時間の経過が酷くゆっくりと感ぜられたので、成長するには気の遠くなるほど長い時間が必要だと記憶していたが、親になると、時間の経過が速く感ぜられ、子どももどんどん大きくなるように思われた。這い這いができるようになったかと思うと、すぐに立ち上がって歩き出した。離乳も早く、奥さんは授乳の機会が余りにも短かったことを残念がった。言葉もどんどん覚えた。先生も奥さんも娘さんにいわゆる幼児語を一切使わなかったと言うか、使えなかった。先生は、娘さんが小学校に上がる前から、大学生に対するかのような言葉遣いで語り掛けた。それ以外の話し方を知らなかったのである。

八色先生は、周囲の誰にも打ち明けたことはなかったが、娘さんに対して常に「俺のような親のところに生まれてきて、申し訳ない」という気持ちを抱いていた。初めての子どもであり、また女の子なので、先生には娘さんをどのように育てたらよいか全く分からなかったのである。大学生や大学院生を教えるのは得意なのに、自分の子どもに対する接し方には困惑した。間違った育て方をするのではないかといつもビクビクしていた。とにかく娘さんの人生は自分で選び取らせようとだけ考えていた。決して親の考えを無理強いするまい。先生は数多くの学生を指導するうちに、人間にはそれぞれ持って生まれた性向があり、各自の性向に合った進路を歩むことが幸せに繋がるという考えを持つに至った。若者の中には一方では、感覚器官によって経験的に認識できる物事だけを重視し、そうした世界を即物的に理解する性向を持った者がいる。他方では、憧憬や夢想のような目に見えない領域を重視し、そうした世界を象徴的に表現する性向を持った者がいる。また、一方では他者との交わりの中で才能を発揮する者がおり、他方では独りになったときに個性の輝く者がいる。或いはまた、一方では世界に飛び出して身体を動かすことによって事実を発見する者がおり、他方では自室に閉じ籠もって内面に沈潜することによって真理を把握する者がいる。その他、数え上げればきりがないが、それぞれの人間には天賦の性向が与えられているのであり、その性向を素直に発育させればよいのだ。例えば、精神的・内向的・思索的な若者に即物的・外向的・行動的な人生を強要したとしても、うまくいくはずがない。それは、左利きに生まれついた者を無理矢理右利きに「矯正」するような愚策である。娘をそんな目に遭わせてはいけない。人生には様々なオプションがあることを提示し、娘の好きな道を選ばせることにしよう。

信仰に関しても同様で、キリスト教を無理に教え込むことはするまい、と八色先生は考えた。娘さんが小さい間は、両親に連れられて日曜日に教会へ行くことになった。しかし、娘が大きくなり、教会を離れたいと思うようになれば、それはそれで構わないではないか。

教会は、日本社会全体の速度を上回る勢いで「少子高齢化」していた。若者は教会に寄り付かなくなり、残っているのは老人だけになってしまった。教会は高齢者が相互の安否を気遣う老人クラブのような場所と化した。そんな中にあって子どもの存在は貴重であり、娘さんは皆からちやほやされることになり、それが幼心にとっても自尊心をくすぐられるらしく、娘さんも教会に通い続けた。


「少子高齢化」と言えば、八色先生の一家が住んでいた町内にも、つい先日まで老夫婦が二人で暮らしていたのに、今では打ち捨てられて朽ち果てるままに任されている住宅が二、三軒見受けられた。そんな家々では屋根が落ち、壁が剝がれ、塀が傾き――と崩壊が進むが、何と言っても目に付くのは庭の変貌振りで、綺麗に剪定《せんてい》されて優雅な姿を見せていた庭木たちが四方八方に伸び広がり、そこに蔦が絡まり、下草が生え、落ち葉が積もり、住宅街のその一角だけが熱帯雨林と化したかのような様相を呈している。八色一家の散歩コースにもそんな家が一軒あった。娘さんはその庭に異常な興味を示し、「ジャングル」と呼んだ。

ジャングルの中央に見慣れない樹木が立っていた。それほど高くなく、大人の背丈を少し超えたくらいで、幹も太くないが、見た目より頑丈で、多少の風雨にはびくともしない。特徴的なのは枝から生え繁った葉で、どれも見事に真上を向いている。樹木を横から見ると、葉は全て完璧な水平を保っており、斜めに傾《かし》いだものが一枚もない。また、二枚以上の葉が重なり合うことは決してなく、あらゆる葉の表面が天空を、裏面が大地を正確に見据えていた。葉は綺麗な菱形をしていた。春になると、その中央に、葉よりは一回り小さいが、やはり菱形の白い花が咲いた。初めは葉の中央部分が変色したのかと見間違えたが、よく見ると、花であった。緑色の菱形の上に一回り小さい白色の菱形が乗っているので、先生は漠然と雛人形の菱餅を思い出した。

庭の塀は既に崩れていて、申し訳程度にロープが張ってあるが、膝くらいの高さしかない。散歩の途中で娘さんはロープを跨《また》いで庭に入って行く。

「よその家に勝手に入っちゃいけないよ！」と先生が驚いて制止するが、娘さんはずんずん進んで行く。誰も住んでいないことを知っているのだ。樹木の前で立ち止まると、暫く魅せられたように見詰めた。そっと手を伸ばして幹に触れ、感触を確かめた。そして、慎重に耳を当てた。半ば目を閉じ、暫くそのままの姿勢で動かず、内部から語り掛けてくる声を一語も聞き漏らすまいと意識を集中しているかのようであった。

娘さんのそんな姿を見ていると、先生の脳裏に突然、「この子は前世で植物だったのかも知れない」という考えが閃いた。先生はもちろん輪廻転生は信じていなかったが、キリスト教徒らしからぬそんな考えが思い浮かんで、頭から離れなくなったのである。後で、先生はその樹木が何という名前のどんな植物なのかあれこれ調べてみたが、結局、分からなかった。

八色先生には奇妙な性癖があった。周囲の人々から見て「ゴミ」に見える物でも捨てられないのである。例えば、先生から卒業論文の指導を受けた学生が、卒業後、手土産を携えて訪ねて来ることがある。その手土産の箱や包み紙が捨てられないのだ。大学から先生に割り当てられた個人研究室の中は、ゴミ屋敷のように不要な物が散乱していた。教員や職員や学生からそのことを指摘されると、「物ではなく、それにまとわり付いている思い出が捨てられないのです」と弁解していた。

自宅においても同様で、少しでも思い出のある物は捨てることができなかった。「これは久美が初めて食べた離乳食の入っていた袋だ。これは久美が初めて履いて大地を踏みしめた靴だ。これは久美が初めて絵を描いたときに使ったクレヨンの切れ端だ」——そんな細々したガラクタがあっと言う間に溜まっていった。初めて描いた絵そのものが保管されていたことは言うまでもない。

その初めての絵であるが、そこには不思議なものが描かれていた。人物のようでもあるが、むしろ幽霊か妖怪に見えた。暫く後に描かれた家族の絵にも、自分と両親と、なぜか幽霊のようなものが加わっていた。その幽霊には怖さはなく、滑稽な感じがした。

「これは誰?」と先生は訊いた。

「イエス様」と娘さんは答えた。

先生は娘さんがいったいどこからこんなイメージを得たのか不思議に思った。

「イエス様ってこんな幽霊みたいな格好をしているの?」

「そう。私、見たことあるもの」

「イエス様ってたいていこんなふうに描かれているんだけど」と『せいしょものがたり』

の絵を見せたが、娘さんは「ぜんぜん違う」と言う。

「そうか。お父さんはイエス様の声を聞いたことはあるが、姿は見たことがなかった。こんなお顔をしているんだね」

「お顔を見ていないのに、どうしてイエス様だと分かったの？」

そう問われて、先生は一瞬、返答に窮《きゅう》した。

「でも、お母さんが隣の部屋から呼んだら、顔が見えなくても、お母さんだと分かるだろう」

「でも、お母さんのことは何度も見て知っているけど、イエス様のことは一度も見たことがないのでしょう。それなのに、声だけ聞いて、どうしてイエス様だと分かったの？」

「それは、聖書に書いてあることと同じことをおっしゃったからだ」

「でも、誰でも聖書に書いてあることと同じことを言えるでしょう」

「まあ、何と言うか、この方はイエス様だと直観で分かったんだ。直観は大切にしなければならない。人が信頼できるかどうか、直観で分かるだろう」

子どもと言い合いながら、先生は「どれほど確実に思われる知識でも、最初は単なる信頼――それを真実だと信ずること――から始まっているのだ」と考えた。デカルトの指摘した通り、疑って掛かろうと思えば、何だって疑うことができるのだ。目の前に何かが存在しているといった絶対に確実だと思われることでも、もしかすると幻覚が見えているだけなのかも知れない。今、現に目で見ているので、それが実在していると「信じている」だけのことなのだ。俺にはなぜ、それまで見たことも聞いたこともなかったあの方がイエスだと分かったのか。俺はなぜあの方を「救い主」と見なしたのか。あの方が「神の子」であることを確実に証明する証拠などありはしない。俺はただ「神を愛し、隣人を自分のように愛しなさい」と教えただけで捕らえられて十字架に付けられ、それでもなお人間を赦した方こそ「救い主」だと信じているだけのことなのだ。そして、結局のところ、それだけで十分なのだ、と先生は考えた。

八色先生はクラシック音楽、特に後期ロマン派の交響曲や管弦楽曲と、なぜかアフリカの民族音楽が好きであった。また、アフリカの民族音楽風にアレンジされたミサ曲を聴くと、心を揺さぶられた。「教会音楽」と言われて先生の脳裏に真っ先に思い浮かぶのは、ヨーロッパの大聖堂のパイプオルガンの荘厳な響きではなく（それも好きであったが）、複雑に交錯する多彩なパーカッションによって野生的なリズムを付けられた「キリエ」

「グローリア」「クレド」「サンクトゥス」「アニュス・デイ」であった。西洋列強によって押し付けられたキリスト教ではあったが、それを生きる力に変えたアフリカの人々のヴァイタリティーや、悲しみを突き抜けた果ての喜びが感ぜられた。西アフリカの「ハイライフ」のようなポップスや、オシビサやアサガイのような「アフロ・ロック」、そしてフェラ・クティが登場してからは「ブラック・プレジデント」と呼ばれた彼もよく聴いた(このアフリカの音楽に関する記述は、私が物語ろうとしているこの話と特に関係はない。八色先生にそういう側面があったというだけのことである)。

話をクラシック音楽に戻そう。シカゴ大学の博士課程で学べたのは八色先生にとって大きな喜びであった。しかし、そこで大学院生に課せられる課題は、最高の頭脳を備えたアメリカ人学生でも音《ね》を上げるほどの質・量で、日本人留学生は後れを取らずに何とか付いて行くだけでもヘトヘトになった。遊びに充てる時間などなかったが、ごく稀に時間を遣り繰りして、シカゴ交響楽団のコンサートに出掛けた。それだけが唯一の息抜きであった。ミシガン通りに面したオーケストラ・ホールに到着した瞬間から期待で鼓動が速まった。学生であれば、映画館と大差ない料金で入場することができた。晩年のフリッツ・ライナーが指揮するベートーヴェンやリヒャルト・シュトラウスを聴くと、感動で全身が震えた。

娘さんが生まれてから数年経ったころ、日本でも漸くマーラーの人気に火が付き始めた。レニー・バーンスタインやジョージ・ショルティのレコードを買い揃え、半ば手作りのステレオで聴いた。八色先生はもうアマチュア無線に対する興味は失っていたが、もともと理系を志望していただけあって依然として機械弄りが好きで、アンプやターンテーブルやスピーカーを好みに合わせて改造し、立派なステレオ・セットを組み立てた。

ブルックナーやマーラーの長大な交響曲——大人でも長いと感じる人は多いだろう——を聴いていると、まだ文字も読めない年頃の娘さんがやって来て、退屈な様子も見せずにじっと聴いていた。

或る晩、奥さんは娘さんに『マザー・グースのうた』の絵本を読み聞かせて寝かし付けた。「ジャックの建てた家」に思いを馳せながら娘さんは寝入った。添い寝をしていた奥さんもそのまま眠ってしまったらしかった。先生は翌日の授業の準備をするために仕事机に向かって資料に目を通していた。

すると、居間から深夜にしては大き過ぎる音量で音楽が聞こえてきた。

「あいつは今ごろ何でまた音楽を聴き始めたんだ」

先生が些かムッとして居間に入って行くと、驚いたことに、娘さんが一人でラヴェルの

「マ・メール・ロワ」を聴いている。

「久美が一人でレコードを掛けたの？」と尋ねるが、娘さんは魅せられたように聴き入っていて、先生が傍らに立っているのにも気が付かない様子だ。

奥さんもやって来て「あなたは今ごろ何でまた音楽を聴いているのか」といった顔付きをするので、「久美が一人で起きて来てレコードを掛けたのだ」と小声で説明すると、やはり意外な顔をする。

三人の眼前に、「オーケストレーションの魔術師」ラヴェルがメロディー、リズム、ハーモニーの全てを駆使して組み立てた童話の世界が繰り広げられていく。シャルル・ミュンシュは一音も疎《おろそ》かにせず、ボストン交響楽団を鼓舞して曲の細部に至るまでくっきりと造形し、鮮やかに着色していく。居間の中に薄暗い森が出現し、落ち着いた色合いの鳥が二、三羽飛び立った。

父と母と娘は体を寄せ合い、親指トムがおずおずと歩いたり、自分よりも体の大きな鳥に出会ったりする情景が音楽によって紡ぎ出されていく様《さま》を聴いた。次に、中国で作られた陶器製の首振り人形が百体も登場し、一時的に醜い姿に変えられたレドロネットのために、木の実の殻でできた楽器を奏でる場面を聴いた。続いて、美女と野獣が巨大な古城で密やかに会話を交わし、親愛の情を深めていくところを聴いた。そして遂に、妖精の飛び交う中、たった一人で森の奥深くまで分け入る勇気を持ち合わせていた王子の口付けによって、眠れる森の美女が永い眠りから目覚める瞬間を聴いた。

聴く者を恍惚《こうこつ》の境地に誘《いざな》うフィナーレの最後の音が消えると、魔法に掛けられたかのように聴いていた三人は幻影から覚めた。

「久美が自分でレコードを掛けたの？」と先生が尋ねると、

「ううん。マザー・グースが掛けてくれたの」と答える。

「どうしてこのレコードが『マザー・グース』だと分かったの？」

「マザー・グースが教えてくれたの」

何を訊いてもこの調子で、要領を得ない。酷く眠そうなので、奥さんが寝床まで抱いて行って寝かし付けた。

戻って来た奥さんに先生は言った。

「俺が毎日、レコードを聴いているのをじっと観察していたので、ステレオのスイッチを入れ、レコードを取り出してターンテーブルに載せ、針を落とす手順を全て覚えたのだろう」

「でも、こんなにたくさんレコードがあるのに、どうしてこれが『マザー・グース』だと分かったのかしら」（ジャケットには自転車に乗ったパリの郵便配達夫と、犬を連れたパリジェンヌを描いた切り絵の写真が掲載されていた。子どもにアピールする切り絵ではあったが、童話の情景とは関係がなかった）
「さあ、それも俺が以前、このレコードを聴いているところを見ていたのだろう」
「でも、あなた、そのとき、これが『マザー・グース』の音楽だって説明したの？」
「いや、そんな記憶はないが」
「それに、どうしてA面ではなく、ちゃんとB面を掛けたのかしら？」（A面にはデュカスの「魔法使いの弟子」が収録されていた）
「さあ、マザー・グースに聞いたのだろう」——先生にはそう答えることしかできなかった。

娘さんは女の子なのに、人形や縫いぐるみよりも本を好んだ。
八色先生がそのことを奥さんに指摘すると、「『女の子なのに』という言い方にあなたのジェンダー・バイアスを感じる」と言われた。ちょうどフェミニスト神学が提唱され始めたころで、キリスト教の歴史における男性中心主義が批判に晒《さら》されていた（尤も、初期のフェミニスト神学者たちは、後に、高学歴・高収入の白人女性の解放しか念頭に置いていなかったと批判されることになったが）。神学部出身で「聖書科」の非常勤講師をしていた奥さんは、海外におけるフェミニスト神学の展開にも関心を寄せていた。「あなたも『男なのに、野球やサッカーよりも本を好む』と言われたいのか。『男なのに、酒や賭け事よりも読書を好む』と言われたいのか」

娘さんは物語が好きで、充てがわれた絵本や児童書を片っ端から読破した。毎晩のように寝る前に物語を読み聞かせてくれとねだったが、家にある本は全て読み終えて、もう読む本のないことがあった。そんなときには先生も奥さんも物語を創作する必要に迫られた。先生は「昔々、或る所にお爺さんとお婆さんが住んでいました」とか「貧しい少女が住んでいました」とか語り始めるが、話しているうちに日本の昔話やアンデルセンの童話に似てくる。すると、娘さんはすかさず「それは『かぐや姫』と同じだ」とか「『赤い靴』と同じだ」などと見破ってしまうのである。先生は創作力のなさを痛感した。また、人間の頭が捻《ひね》り出すことのできる物語は既に一つ残らず書き記されているのではないかと思った。

或る晩、逆転の発想が閃いた。新しい物語を考え付くことができないのなら、いっそのことパロディに徹し、しかも娘さんと一緒に物語を組み立てようというのだ。そこで「羊の嫁入り」や「三匹の子羊」や「長靴を履いた羊」や「醜い羊の子」などの名作を次々に編み出していった。

「今夜のお話は『羊の恩返し』というんだ。

昔々、或る所に、と言うか、紀元前千年ごろ、つまり今から三千年ほど前の古代イスラエルに、貧しいが、心の優しい男が住んでいました。

この男は一匹の小羊を飼っていました。男は小羊を可愛がり、小羊は彼の皿から食べ、彼の椀から飲み、彼の懐で眠り、彼にとっては娘のようでした」（この箇所は既に「サムエル記下」第12章第3節の剽窃《ひょうせつ》である）

「そのころ、イスラエルでは神ヤハウェに定期的に生《い》け贄《にえ》を捧げることになっていました。羊や牛を丸ごと焼いて神様に捧げるのです。ヤハウェは焼肉が好きだと思われていました」

「神様が焼肉を食べるの？」

「もちろん本当に食べるわけじゃない。神様には体がないからね。神様とは『存在の根拠』であり『永遠の命』であり『創造の源』であり『無償の愛』のことだ。ところが、大昔の人々は『存在』や『永遠』や『創造』や『無償』といった抽象的な概念を用いて神様のことを理解することができなかった。そこで、神様を巨大な人間みたいなものとして思い描いたんだ。それで、神様を敬うためには何か美味しいものをご馳走すればよいだろうと考えて、人間の大好きな焼肉を差し上げることにしたんだよ」（既に述べたように、八色先生は幼い娘さんに話し掛けるときにも、大学生に対して使うような言葉を平気で使った。それ以外の語り方を知らなかったのである。娘さんも先生のそんな話し方に慣れ、難解な単語や表現をかなり理解できるようになっていたし、分からなければ、質問し、分からなくてもよいことは聞き飛ばすようにしていた）

「さて、今年もまた生け贄を捧げる時期がやって来ました。村人の中の誰かが羊を差し出さなければなりません。人々は籤《くじ》を引きました。すると、貧しい男に当たってしまったのです。他の男たちは裕福で、多くの羊や牛を飼っていました。そこで、貧しい男は他の男たちに、後で働いて弁償するから、多くの羊の中から一匹を差し出してくれ、自分にはこの小羊しかいないのだと頼みましたが、誰も聞き入れてくれません」

「他の人は皆、けちん坊だったの？」

「けちん坊でもあったが、それよりも籤引きに逆らうのが怖かったんだ。籤には神様の意思が現れていると信じ込んでいたんだ。籤に当たったということは、他の羊ではなく、その小羊を神様が欲しがっていると考えたんだ。

ところが、本当はそんな考えは全く間違っているんだよ。籤引きや占いや手相や霊媒といった怪しげな手段で神様の考えていることを推し測ってはいけないんだ」

「レイバイって？」

「『霊媒師』と呼ばれている人が、死んだ人の霊をこの世に呼び寄せて自分に取り憑かせ、霊媒師の口から死んだ人の考えを語らせることだよ。大昔の人々は迷信を信じていて、籤引きや占いや手相や霊媒を使えば神様の考えが分かると思い込んでいたんだ。本当は神様はそんなものが大嫌いなんだよ。

さて、籤引きに当たったので、男の小羊は祭司によって連れて行かれました。でも、男は小羊が殺されるのが可哀想で、我慢できませんでした。そこで、生け贄の儀式が行われる前夜、祭司の家に忍び込み、檻を壊し、小羊を逃がしてやったのです。小羊は野山の方へ逃げて行きました。男も、このことが発覚したら、罰を受けるから、遠くの村へ夜逃げしました」

「どうして小羊を連れて逃げなかったの？」

「一緒に逃げたら、この物語が成立しないんだよ。

さて、男は遠くの村の端っこに住み着くと、農業を細々と営んで暮らしました。

すると、或る冬の晩、トントンと表の戸を叩く音がします。

『ごめんください。開けてください』

男が戸を開けると、見目麗しい娘が寒さに震えながら立っています。

『どうしました？』

『この辺りに人を訪ねて参りましたが、道に迷ってしまいました。日は暮れ、寒くなり、困っております。ご迷惑でしょうが、一晩泊めていただけませんでしょうか』

娘は、どう見ても、犯罪の犯せそうな顔はしていません。そもそも男は無一物で、盗られる心配のある物は何もありません。

『それはお困りでしょう。こんな所でよければ、どうぞお泊まりください』

翌朝、男が目を覚ますと、家の中が綺麗に掃除され、朝食の支度ができあがっていました。

その日も、次の日も、娘は旅立とうとはせず、男の手伝いをして過ごしました。結局、娘はそのまま男の家に住み着いてしまい、男も娘を本当の子どものように可愛がりました。

或る日のこと。

『あなたは本当に貧しい暮らしをしていらっしゃいますね。私が機を織って差し上げましょう。ただし、私が機を織っているところを決して覗かないでください』

娘は狭い家の一角を衝立で囲うと、その中でギッコンバッタンと機を織り始めました。

三日経って漸く織物が完成しました。最上級の羊毛で織られた美しい布です。

『これを売って生活の足しにしてください』

それを男が町へ売りに行くと、王様が高額で買い取ってくれました。その夜は初めて二人でご馳走を食べました。

翌日、娘はまた機を織り始めました。

あの娘はどのようにしてあれほど素晴らしい布を織っているのだろうか。男は好奇心に負け、娘との約束を破って衝立の隙間から中を覗いてみました。

すると、痩せこけたあの小羊が自分の体から毛を抜いて布を織っているではありませんか。

『見られては、仕方がありません。私は以前、育てていただき、また命を助けていただいた小羊です。恩返しがしたいと思い、娘に姿を変えてやって参りました。しかし、あなたが私の正体に気付いたので、もう私は娘になりすますことができません』

つまり、小羊が娘に化けるためには男の協力が必要なんだ。男が小羊を娘として認識したいと無意識的に望んでいるから、小羊は娘になれるのであって、男が小羊を小羊として意識的に認識すれば、小羊は娘になれないんだ」

「よく分からないけど」

「いつか分かるようになるよ。それで、小羊の姿に戻った小羊はまた元のように男と一緒に暮らし始めました」

「正体がバレたので、どこかに行ってしまうのではないの？」

「どこかに行ってしまうと、この物語が成立しないんだ。どこにも行かずに、また一緒に暮らし始めたんだ。

さて、男が元々住んでいた村は酷い飢饉に見舞われました。農作物は全く育たず、家畜も次々に死んでいきます。

『どうしてこんなに酷い飢饉が起こるのだろう？　これは神様が怒っていらっしゃるからに違いない』

そこで村人たちは、今年の生け贄の儀式で籤に当たった小羊を捧げなかったことを思い出しました。別の羊を捧げたんだけれどもね。

『あの夜逃げした男のせいで飢饉が起こったと言っても過言ではない。あの男と小羊を探し出さねば』

そこで、あちこちに偵察隊が派遣され、遂に男は見付かってしまいました。小羊は捕らえられて連れて行かれ、丸焼きにされて生け贄として神様に捧げられました」

「結局、殺されちゃったんだ」

「男は、実の娘のように可愛がっていた小羊が死んだので、辛くて辛くて堪らず、ギャンギャン泣いて神様に訴えました。

『神様、この厭《いと》わしい世界の中で私の愛したたった一つのものであったあの小羊を、なぜ取り上げてしまわれたのですか』

男があんまり泣くものだから、泣き声が神様の耳にも届きました。さっきも言ったように、神様には体がないから、『耳』というのは比喩表現だよ。さて、神様は言いました。

『私には体がないから、本当は焼肉など欲しくも何ともないのだ。しかし、私が抽象的な概念を用いて自分のことを説明したら、人々は私を理解することができず、私を敬うこともやめてしまうであろう。すると、人々は悪事を働いても後悔しなくなるであろう』

いいかい、ここのところが大切なんだよ。人間は神様がいてもいなくても悪いことばかりするんだ。人間とはそういうものなんだよ。でも、神様がいれば、人間は悪いことをした後で後悔し、神様がいなければ、後悔すらしなくなるんだ。

『そうなっては困るから、定期的に儀式を執り行って私のことを思い出すように定めたのだ』

『神様、あなたは愛するものを奪われることが人間にとってどれほど辛いかご存じないのです。あなたは家族を失ったことなどないのでしょう』

なるほど神様はそれまで自分の家族と死に別れたことがありませんでした。男がなおもギャンギャン泣いて訴えるものですから、神様は『どれほど辛いことなのか自分で体験してみよう』と考え、自分の独り子を地上に遣わしました」

「それがイエス様ね」

「すると、イエス様は何も悪いことをしていないのに、人々に捕らえられて十字架に付けられて殺されてしまったのです。

神様もギャンギャン泣きました。余り泣いたので、大地に裂け目ができました。

『我が子と死に別れるのはこんなに辛いことなのか。あの貧しい男の苦しみが今、やっと分かった。これからは生け贄を要求するのはやめよう』

それで、人々はもう生け贄を捧げる必要がなくなりました。イエス様が十字架に付けられたときに神様がどれほど悲しんだかを思い出すだけで、人間は罪を赦してもらえることになったんだよ。

実際のところ、イエス様に先立たれてから、神様は人が変わったように優しくなったんだ。それまでは、ちょっとでも気に入らないことがあると、すぐに切れて、人間を懲らしめ捲《まく》っていたんだ。『ノアの方舟』の物語を覚えているだろう。あのときなんか、もうちょっとで全人類を皆殺しにするところだったんだ。それで、『怒りの神』と呼ばれて恐れられていたんだよ。それが、イエス様の一件があってからは、人間の悩み苦しみに共感できる物分かりのよいお爺さんみたいになったんだ。それ以来、『愛の神』と呼ばれているんだよ」

娘さんはいつの間にか眠り込んでいた。先生は最後の言葉を自分に向かって語り掛けていた。

娘さんが順調に育っていくのを見ていると、八色先生は奇妙な感情に捕らわれた。なぜか物悲しいのだ。娘さんは子どもが罹る病気には一通り罹ったが（それはむしろ当然のことだ）、いつでもすぐに快復し、健康に育っている。運動神経が悪いらしく、かけっこをすると決まってビリになるし（そもそもまっすぐに走れない）、ボール投げをしてもうまくキャッチできないが、聡明な子で、文字を覚えると、手当たり次第に本を読み始めた。テレビで「セサミストリート」を見ているうちに、英語もかなり理解できるようになった（「セサミストリート」のグローヴァーと「スター・ウォーズ」のヨーダの声が同じ人物のものであることを、家族三人の中で最初に見抜いたのは娘さんであった）。物静かだが、小学校では友だちと打ち解けて仲良くしているようだ。問題は何一つないではないか。けれども、どうしようもなく悲しい。

そのことを奥さんに話したが、母親はそうは感じないらしい。そもそも育てるのに手一杯で、嬉しいとか悲しいとか感じている暇もないらしい。奥さんは「あなたが悲しくても一向に構わない。重要なのは久美が悲しんでいないということだ」と言った。「あなたが悲しくても一向に構わない」という発言に些か引っ掛かるものがあったが、確かに妻の言う通りだと考えた。「大切なのは久美が幸せになることであって、俺の感情などどうでもよいのだ」

神学部の同僚で宗教学を教えている教員にたまたま同じ年頃の娘さんがいたので、子どもの成長を悲しく感じたことがあるかどうか尋ねてみた。

すると、自分が悲しくなったことがあるかどうかは答えず、「八色先生は古代インドの人々と同じ感性をお持ちですね」と言う。「中村元の本のどれかに書いてありました。日本人は、と言うか、たいていの民族は、子どもが立派に成長すると、喜びます。ところが、古代インドの人々は子どもが大きくなるのを悲しんだそうです。何にせよ物事が絶えず変化して留まることがないのを、つまり『無常』を悲しんだのですね。子どもが生まれて育つのを見ると、その先にある『老・病・死』まで見えてしまうのですよ。日本人も『もののあはれ』というときには同様の感情を抱いているのではないでしょうか。脆《もろ》いもの・儚《はかな》いものを悲しむ感情です。尤も、日本人の場合、桜がパッと散るのを愛でるように、脆いもの・儚いものを慈《いつく》しむ感情も同時に持ち合わせていますが。日本人は脆いもの・儚いものに『美』を感じるのですね。

それで、古代インドの人々は『無常』を悲しんでいた。そこにブッダが登場し、『無常』を悲しいと思うのは、『常住』、即ち、ありもしない永遠不滅のものに憧れ、『常住』に執着しているからであって、『常住』の幻想を捨てて『無常』を観じ、『無常』に徹すれば、即ち『諸行無常』を体得すれば、悲しみや苦しみから抜け出せると説いたのです」

その説明を聞いて、「なるほど、そんなものか。もし本当に輪廻転生があるのなら、俺は古代インド人の生まれ変わりかも知れないな」と考えてはみた。しかし、輪廻転生を信じているわけではないし、「無常」に徹することもできそうにない。そもそもキリスト教においては、被造物は「無常」であるが、神だけは、とりわけイエス・キリストの体現した神の愛だけは永遠不滅だと信ぜられているので、「諸行無常」の考え方とは相容れない。

その年、八色先生は大学の入学試験問題を作成する役職に当たっていた。毎年、四月になると直ちに入試問題作成委員会が編成され、夏場を迎えてからは毎週のように会合があり、問題が適切であるかどうか、間違いがないかどうかを繰り返しチェックする。この業務に携わると、同じチームに所属している他学部の教員とたいへん親しくなる。八色先生も、法学部の教授（いくぶん年上ではあったが）と昵懇《じっこん》の間柄になったので、同じ質問をぶつけてみた。

「ああ、よく分かります。私もそうでした。それはね、八色先生、ご自分では気付いておられないかも知れませんが、娘さんが成長するのを見ると、無意識的に、いずれ手放さなければならない日が来るのを予知するからですよ。私も、大事に大事に育て上げた娘が阿呆面《づら》した青二才に掻っ攫《さら》われたときには泣きました」

「なるほど、そんなものか。小津安二郎の映画にそんな話があったな」と考えてはみた。しかし、娘さんはまだ小学生で、いずれ結婚する日が来るという実感は湧かなかった。

八色先生と同じ中学校を卒業した後輩に文学部心理学科の教員がいたので、同じことを尋ねてみた。[3] すると、「恐らく幼児期の体験から来ているのでしょう。人間なんて幼時体験で一生が決まってしまうのですよ」とぞんざいな答えを返してくる。

「八色先輩は幼いころ、『ヨハネ』という名前を馬鹿にされたり、空襲警報が鳴る中を逃げ惑《まど》ったりしたのでしょう。そうした体験によって、人生がままならないものであることを幼児期に学習したのですよ。生きていることに対する安心感を形成する前に不安感を叩き込まれてしまったのです」

「なるほど、そんなものか。確かに、この悲しみの大部分は俺の戦争体験から来ているのかも知れない」と考えてはみた。「戦争体験は俺に『世界に対する不信感』とでも呼ぶべきものを植え付けた。『ヨハネ』という名前やキリスト教徒であることを理由にからかわ

3　現在では「心理学部」として独立している心理学は、当時は文学部に組み込まれていた。

れた経験。理不尽に殴られた経験。空襲警報が鳴るたびに、頭巾を被り、母親と防空壕に隠れた経験。教会に石を投げられ、戦争が終わると、石を投げた連中が援助物資を求めて教会にやって来たのを目の当たりにした経験。そうした体験によって、俺はこの世界が根源的には『悪』であることを実感するようになった。どれだけ幸せが提供されているように見えるときでも、この世界を全面的に信頼してはいけない。しかし、この物悲しさは過去の経験からのみ生じているのであろうか」

アメリカに留学しているとき、八色先生は様々なキリスト教徒と出会った。その中には「神を信仰すれば、何もかもうまくいく」という一種の「成功哲学」を信じている者もたくさんいた。先生はそうしたキリスト教徒に共感することが全くできなかった。神を、この世界における願望の実現を後押ししてくれるパトロンのようなものと考えているのだ。「いや、神とは人間の召使いではない。世界とは人間の欲望を充足してくれる場ではない。この世界で幸せを感じる瞬間があったとしても、次の瞬間には神は思い掛けない試練を下されるかも知れないし、世界は手の平を返したように裏切るかも知れないのだ」。娘さんが育つのを見ると、先生の心の中では未来に待ち受ける何事かに対する漠然とした不安も増大していくのであった。

3

奥さんは岡山の出身で、大学に通うために京都に出て来るまでは、生まれたときから両親と一緒に岡山市内に住んでいた。しかし、奥さんの両親は岡山県と鳥取県と兵庫県の県境にある寒村の出身で、一族の墓もそこにあった。恐ろしく鄙《ひな》びた田舎で、奥さんは冗談で「鬼首村《おにこべむら》」と呼んでいた。横溝正史の推理小説の舞台になっているような所だったのである。

奥さんは子どものころ、両親に連れられてその村に行くことがあった。辛うじて電気は来ていたが、もちろん上下水道も都市ガスもなく、何よりも蝿が無数にいるのが嫌だった——「油断すると、食べ物にすぐ蝿が留まるの。それも一匹だけじゃなくて、何匹も。その蝿を手で払い除けてからご飯を食べるわけ。衛生観念が変わるわ」

奥さんもキリスト教徒ではあったが、盆になると必ず帰省して墓参した。八色先生の一族は、祖父母がキリスト教に入信して以来、正月や節分、彼岸や盆の行事は全くと言ってよいほど行わなかった。それに対して、奥さんの実家もキリスト教徒であるのに、初詣や豆撒き、墓参や七五三など、日本人が風俗習慣として守っていることはたいてい行っていた。キリスト教徒であるよりもまず日本人であったのだ。

娘さんが十二歳になった年の盂蘭盆《うらぼん》のことであった。

奥さんと娘さんは、墓参した当日は岡山市の実家に泊まり、翌日帰ることになっていた。しかし、二人は翌日も翌々日も帰宅しなかった。連絡もなかったが、実家でのんびりしているのだろうと八色先生は思った。ところが、三日経っても戻らないため、先生もさすがに心配になった。実家に電話を掛けたところ、何と二人は滞在しているどころか、立ち寄ってもいないので、向こうでも心配していたと言う。不安な一夜を過ごした先生は、夜が明けると、警察に届け出た。

京都府警から連絡を受けた岡山県警が捜索してくれた。

国道から支線に入り、支線から林道に入り、さらに舗装もされていないような山道を進み、最後は徒歩でちょっとした山登りをして漸く辿り着ける所にある墓地である。

山道を外れたところに車が停めてあり、中に二人の遺体があった。

二人に暴力が振るわれた形跡も、所持品が盗られた形跡もなく、つまり、犯罪を疑わせるような要素は一つもなかった。

一酸化炭素中毒が疑われたが、遺体を調べてもその症状は全く見られなかった。奇妙なことに死後硬直も始まっておらず、二人は眠るように死んでいたのである。先生が駆け付けたときも、二人はただ眠っているように見えた。


不思議なことに、初めの一週間は極めて「平穏」に過ぎた。「事務的に」或いは「機械的に」と言ってもよいかも知れない。その一週間は、遺体を引き取って葬儀を執り行うことに費やされた。涙一つ零さず、葬儀を執り行う八色先生の健気さに皆が感心した。先生は、余りにも呆然としていたので、自分の身の上に起こった出来事が他人に起こったかのように感ぜられたのである。毎日、世界中で大勢の人々が死んでいく。見ず知らずの人が死んだところで何の感慨も湧かない。

ところが、二人の葬儀が終わってからきっかり一週間後のことである（木曜日であった）。

その日、八色先生は早朝に覚醒した。夜型の先生は、朝の目覚めが悪く、仕事がないときは昼まで寝ているのが常であったが、その日に限って夜が明けないうちに目が覚めたのである。

その目覚めたときの感覚を先生は生涯忘れることができなかった。心が寒かったのである。と言っても、それは象徴的な表現ではなく、何かしら心臓の辺りが物理的に寒く、その寒気が肉体の中心部分から末梢へとじわじわ広がっていった。「心が寒い」と感じたのは生まれて初めてであった。突然、先生は思い当たった。

「俺は孤独で目が覚めたのだ」

それまでに先生は、気掛かりな心配事や片付けなければならない仕事を抱えているときに、早朝に自ずと目覚めたことがあった。しかし、それは「不安」や「懸念」による早朝覚醒であり、「孤独」によって睡眠を断ち切られたのはそのときが最初であった。

とは言え、起床した先生は身支度を調えると、大学へ行き、その日の仕事はいつも通りこなした。まだ夏期休暇中で、たいした業務もなかった。

同じ日の夜の九時ごろのことであった。帰宅した八色先生を出迎えてくれるはずの二人はもういなかった。ダイニングキッチンの、三人で食卓を囲んだテーブルの前にがっくりと腰を下ろし、先生は自分が限りなく疲れていることを感じた。

突然、先生の内部から何かが込み上げてきた。何かが「襲ってきた」と言うべきかも知れない。

先生は自分の意志とは無関係に口が勝手に動き出し「ウォウォウォウォウォウォウォウォウォ」という奇妙な叫びを発していることに気付いた。それまでに聞いたことのない慟哭《どうこく》で、とても自分の声帯から発せられた音声とは思われなかった。

「ウォウォウォウォウォウォウォウォウォ」という唸り声を追い掛けるように、両眼から涙が零れ出した。冷たく、苦い涙であった。涙は後から後から噴き出し、止まるところを知らなかった。これほどの涙が体から出てくるとは信じられなかった。体内の液体が全て涙となって流れ落ちているのかと思われた。ティッシュペーパーで涙を拭き取ろうとしたが、箱がたちまち空になった。さらにトイレットペーパーを一巻き全部使っても、まだ足りなかった。「このままでは俺は乾涸びてミイラになってしまうだろう」――そう先生は思った。涙は一晩中続いた。

そして、心臓が錐で突き刺されたかのように痛んだ。これは比喩ではない。言葉の綾ではない。肉体が実際に痛んだのだ。象徴的にではなく、心臓は物理的に痛んだ。それまでに経験したことのない、激烈な痛みであった。

八色先生はそれまで大きな病気をしたことがなかったが、一度だけ椎間板ヘルニアを患ったことがあった。そのときも強烈な痛みを経験したが、今回はその比ではなかった。

「何かが俺の心を抉《えぐ》り出してもぎ取ろうとしているのだ」——そう先生は思った。痛みも一晩中続いた。

夜が明けようとするころ、涙が一時的に涸れ、痛みが一時的に治まったとき、先生は今度は動けなくなった。ベッドに倒れ込み、指一本動かすことすらできなくなった。ベッドに横たわって動けないまま、金曜日を過ごした。幸い金曜日は先生の研究日、つまり授業や会議などの業務が一切なく、研究に充てる日で、出校する必要がなかった。「翌日になれば、起き上がれるだろう」——先生はそう考えた。

しかし、土曜日も、さらにその翌日の日曜日も、ベッドから起き上がることはできなかった。日曜日はたいてい教会へ行って礼拝に出席することにしていたが、仕事の都合で休むこともあり、先生が欠席しても誰も不思議には思わなかった。

つまり、先生は木曜日の深夜（金曜日の早朝）から日曜日の夕刻までベッドに横たわり、死んだようになって過ごしたのである。

三日後、八色先生は寝返りを打った。心は死んでいたが、体が勝手に反応して寝返りを打ったのである。

それまで天井を見るともなく見ていた先生の顔は横を向き、部屋の中を眺める格好になった。

そのとき、意外な物が目に留まった。

部屋の片隅に植木鉢が置いてあった。

植木鉢の土の中からグレープフルーツの子葉が芽を出していた。それまで気付かなかったが、決して発芽することはないだろうと思っていたグレープフルーツが芽を出していたのである。それは先生と娘さんの最後の共同作業の結実であった。

奥さんと娘さんが墓参へ行く数週間前のこと、娘さんがやって来て「お父さんはコウアツザイを飲んでいるの？」と訊いた。

「コウアツザイ？」

「血圧を下げる薬よ」

「飲んでいないよ」と答えると、「だったら、グレープフルーツジュースを飲むといいよ」と言う。娘さんは先生の血圧が少し高いことを漏れ聞いて知っていた。グレープフルーツジュースは、降圧剤の効き目に影響を及ぼすので、薬を服用しているときは飲んではいけないが、降圧剤を服用していない人にとっては血圧を下げる効果がある、という信頼してよいのかどうか分からない知識をどこかから仕入れてきたらしい。そこで、二人で連れ立ってジュースを買いに行くことにした。

スーパーマーケットには五種類ものグレープフルーツジュースが売られていた。その中の一銘柄だけが「成分無調整」を謳っていた。値段も他のものより高い。「これにしよう」と娘さんが言う。しかも、ジュースの代金は自分の小遣いの中から出してくれた。先生は娘さんの心遣いに感動した（その代わり、他に色んな物を買わされたのではあったが）。

家に持ち帰り、早速、二人で飲んでみた。味が濃いし、プチプチとした果肉も入っている。果肉だけでなく、意外なことに、中から種が一粒出てきた。「成分無調整」とは言え、種や皮は慎重に取り除かれているはずである。ジュースの紙パックの中から種が出てくる確率などゼロに等しいに違いない。先生がそう言うと、娘さんは宝籤に当たったかのように喜び、この種を植えようと提案した。

以前、朝顔を栽培するのに使った植木鉢がそのまま置いてあった。かちかちに固まっていた中の土を掘り返し、その真ん中に種を植えて水を遣った。

「芽が出て花が咲いて実が生るといいね」

そんなことを話し合ったものの、先生は知っていた。果実の中から直接取り出した種であれば、発芽もしよう。しかし、「成分無調整」とは言え、食品加工の工程を経た種が発芽することはまずあり得ないことを。

だが、そのグレープフルーツが発芽していたのである。

「水を飲ませてください」

その儚げな子葉はそう語り掛けているかのようであった。同時に「水を飲みなさい」とも語り掛けているかのようであった。

「これは久美の生まれ変わりかも知れない。この双葉を枯らすわけにはいかない」

八色先生は、三日間死んだように横たわっていたベッドから全身の力を振り絞って起き上がり、子葉に水を遣った。

同時に自分も水を飲んだ。

後になって先生は、「あの水遣りがなければ、俺は餓死するまでベッドに横たわっていたに違いない。あの双葉が俺を救ってくれたのだ」とよく思った。それからクラッカーを探したが、なかったので、パンとチーズを少し食べ、辛うじて命を繋いだ。

こうして八色先生は、ベッドから起き上がり、のろのろと動き回れるようになったが、その足取りは水銀でできた沼の中を歩いているかのように重かった。前に進もうともがくが、足が水銀に絡め取られ、なかなか前に踏み出せないのだ。元気であったころとは比べ物にならないほど動作が緩慢になった。

さらに奇妙な感覚に悩まされた。先生はその感覚を「心の痺れが切れる」と表現した。長い間、正座していると、「足の痺れが切れる」ことがある。足がジーンと麻痺して動かなくなるのだ。先生の場合、「心」が上から鉛の板で押さえ付けられているかのようで、「心の身動き」が取れず、ジーンと痺れて感ぜられた。

しかし、その痺れが少しでも和らぐと、忽ち心が猛烈な孤独に襲われた。鋭利な刃物で心臓を抉るかのような、物理的な痛みを伴った孤独であった。すると、痺れが戻ってきて、孤独は和らぐ。後になって先生は、あの麻痺したような状態が俺を孤独から守っていてくれたのだろうと思った。あの「痺れ」がなければ、俺の心は孤独によって修復不可能なほどずたずたに切り裂かれていただろう。

緩慢な動作で食べ物を口に入れ、咀嚼《そしゃく》して飲み込み、従って命を繋ぐことはできるようになった八色先生ではあったが、その後数週間に亘り、覚醒しているとも睡眠しているとも定かではない状態に陥った。そんな先生に「幻覚・幻聴」とも「夢」とも決め兼ねる体験が襲い掛かった。その体験を私に説明するとき、先生はそれを「幻像」と名付けたが、「でも、『幻』と呼ぶには余りにも生々し過ぎて現実と区別が付きませんでした」と断った。現在であれば、先生はそれを「仮想現実《ヴァーチャル・リアリティー》」と呼んだであろうか。第三者から見ればそこには何もない。しかし、先生にとってはそれは正しく現実的な「体験」だったのであり、何よりも「リアル」であった。

八色先生は道を歩いている。

すると、いつの間にか、先生は両腕両脚を僅かに広げて立ったままの姿勢で空中をゆらゆらと浮遊している。青空に浮かぶ雲になったかのようにふわふわと揺れている。

「いい気持ちだ」

突如として、無数の鋭く尖ったガラスの破片が虚空の中から現れて先生を取り囲む。

次の瞬間、ガラスの破片は先生をめがけて四方八方から飛んできて全身に突き刺さる。

先生の肉にグサグサ突き刺さる。

猛烈な痛みを全身に感じ、恐怖の悲鳴を上げながら、真っ逆さまに地上目掛けて落下していく。


八色先生は自分の左腕を眺めている。

決して逞《たくま》しくはないが、程よい筋肉が付いていて弾力があり、肌も色艶がよくて健康的に見える。静脈が綺麗に浮き出ている。

右手の親指を左手首に当てて脈を計ってみる。心臓が規則正しく血液を全身に送り込んでいる拍動が感ぜられる。

不思議だ。心がこんなにずたずたに引き裂かれているのに、体はなぜこんなに元気なのだろう?

先生は思わず苦笑いをする。

初めて笑った。二人の死後、初めて笑った。口角が上がり、口が開き、歯が見え、そして笑った。

自分が笑えることにまた驚く。

突然、左腕の中央に真っ赤な線が一本、肩から手首に掛けて走る。その線が蚯蚓腫《みみずば》れのように腫れ上がってくる。蚯蚓腫れはどんどん盛り上がってきて、肉が柘榴《ざくろ》のように内側から破裂する。肉はべろんと左右に捲《めく》れ、骨が露出する。今や左腕は魚の三枚下ろしのように、或いは開いたまま机上に置かれた本のように、骨を中心として肉が左右に開いている。

次に、右腕の中央にも真っ赤な線が一本、肩から手首に掛けて走り、その線が蚯蚓腫れのように腫れ上がってきて、内側から破裂する。続いて左脚、右脚も。

さらには先生の胴体にも、首から胸・腹を経て股間に至るまで赤い線が現れ、それが蚯蚓腫れのように膨れ上がり、遂には柘榴のように内側から弾ける。先生の胴体は肋骨や内臓を曝け出し、胸と腹の肉は左右に開く。

今や胴体も四肢も骨を中心に左右に開いた格好になっている。左右に分かれたそれぞれの肉の中心がまた盛り上がってきて左右に分裂する。分裂は繰り返し、先生の体が体育館の床でも覆えそうなほど広い平べったい肉の布になってしまうまで続く。

あれは「ミニハーモニカ」という名前の楽器であろうか、口の中に入れられるほど小さなハーモニカがある。八色先生は子どものとき、デパートでそれを見掛けて欲しく思ったが、買えなかった。当時、ハーモニカは「口風琴」などと呼ばれていたが――。今、大人になり、先生はその小型のハーモニカを手にしている。

讃美歌を1番から順番に吹いていく。穴が四つしかなく、ハ長調のドから次のドまでの八音しか出ないので、楽譜の所々に出せない音があり、メロディーが途切れ途切れになってしまう。それにも拘らず、1番から2番、2番から3番と順番に吹いていく。

先生が88番のメロディーを演奏したとき、突然、ミニハーモニカが爆発する。先生の頭は粉々に砕け、脳が飛び散る。ハーモニカの中に超小型爆弾が仕掛けられていて、88番のメロディーを吹くと起動する仕組みになっていたのだ。

「ベッドで寝ていると、天上と壁がギリギリ狭まってきて圧し潰される。ベッドに縛り付けられ、天上から吊り下げられた巨大な鎌が、振り子のように揺れながら下りてきて体が引き裂かれる。生きたまま棺桶に入れられて焼かれる。生きたまま棺桶に入れられて埋められる。生きたまま棺桶に入れられて水に沈められる。両手両足に取り付けられた鎖が四方に引っ張られて体が八つ裂きにされる、全身の関節が逆方向に折り曲げられる――といったお馴染みの幻像をここで繰り返すことはやめておきましょう」と八色先生は遥か彼方を見るような目付きで私に言った。

「私は若いころ、エドガー・アラン・ポーの小説やグラン・ギニョールの戯曲が好きで、よく読んだものですが、ああした作品の中で描かれていたイメージは一通り幻像の中に出てきました。あんなもの読まなければよかったとよく思いましたよ。

中には今から考えるとずいぶん滑稽な幻像もありました。蝦蛄の大群によって全身にパンチを浴びせ掛けられるとか」

「シャコ?」

「海老のような甲殻類がいるでしょう。あれのパンチが強力で、二枚貝など簡単に割ってしまうのですよ。あの蝦蛄が無数に私の体にたかり、一斉にパンチを繰り出し、私は死んでしまうのです。或いは、人間と同じ大きさの蝦蛄が一匹やって来て、そいつに殴られて一撃で殺されたこともありました。なぜそんな幻像を見たのでしょうね? 嘔吐が止まらなくなって、吐瀉物《としゃぶつ》だけでなく、食道、胃、十二指腸、肝臓などの内臓までが次々に飛び出してくる。或いは逆に下痢が止まらなくなって、排泄物だけでなく、直腸、大腸、小腸、膵臓などが次々に飛び出してきて、私の体が綺麗に裏返ってしまうといった幻像もありました。私はそれを体験したのです」

不思議なことに、初めはそうした幻像の中には八色先生以外の人物は誰一人として登場しなかった。先生だけが現れ、独りで死んでいくのである。数週間経って漸く幻像の中に奥さんと娘さんが現れるようになった。


八色先生と奥さんと娘さんは自動車で帰宅するところである。運転は奥さんがしている。先生は運転ができないのだ。

「風光明媚《ふうこうめいび》な所があるので、立ち寄って行きましょう」と奥さんが言う。先生の返事を待たずに、奥さんは道路脇に車を停める。

三人は車から降りる。棘のある灌木の茂みを掻き分けて細い道を進むと、開けた所に出るが、そこは砂漠である。

先生は二、三歩前に進み出る。

どれほど見渡しても、そこは起伏のない、真っ平らな砂漠である。命のない砂が果てしなく広がっている。

「風光明媚な所というのはこの砂漠のこと？」

と尋ねながら振り向くと、奥さんと娘さんは砂の塊になっている。奥さんと娘さんの形をした砂の柱が先生の目の前にある。風が吹いてきて、その砂の塊を吹き飛ばし始める。砂はさらさらと飛び散っていく。先生は飛び散る砂を何とか両手で押さえて元の形に戻そうとする。だが、その努力は空しい。奥さんと娘さんであった砂はさらさらと吹き飛ばされ、また先生の指の間からさらさらと零れ落ち、大地に広がる砂に同化してしまう。

先生は、子どもが浜辺の砂で城を作るように、砂を掻き集めて奥さんと娘さんの体を復元しようとする。しかし、その砂は余りにも細かく、からからに乾いていて、形あるものに纏《まと》めることができない。

先生は、一本の草も生えていない広大な砂漠にたった一人取り残される。最早立っていることができず、右膝をがっくりと砂にめり込ませて蹲《うずくま》る。

突然、先生の体は水になる。片膝を突いた姿勢のまま、水の塊になる。跪《ひざまず》いた先生の形をした水の塊がそこにある。一瞬の後、水の塊は重力に負けてばしゃっと崩れ落ち、一滴残らず砂に吸い込まれてしまう。後にはからからに乾いた真っ平らな砂漠だけが残る。

八色先生の一家は南ヨーロッパのとある町にいるらしい。滞在していたホテルをチェックアウトもせずに出て、北ヨーロッパのとある町へ行くために駅へ向かう。先生はホテルの支払いが気になり、一瞬、後ろを振り返るが、その間に奥さんと娘さんは遥か先にまで進んでいる。二人は先生を待たずにずんずん進んで行く。「おーい」と呼んでみるが、止まってくれない。季節は真冬で、南欧とは言っても寒く、二人は厚手のコートを着て、頭にはフードをすっぽり被っている。駅に着き、二人は先生を待たずに列車に乗り込む。先生が乗り込もうとする直前にドアが閉まってしまう。列車の中の二人は振り返ってフードを取る。すると、二人の首から上、つまり頭がすっかりなくなっている。首の切り口は皮膚が綺麗に癒着してつるりとしている。その皮膚の余りにも滑らかな光沢に先生は驚く。二人を乗せた列車は動き出し、先生は呆気に取られながらそれを見送る。首のない二人は、それでも先生の方を向いて別れの挨拶をしているかのようだ。二人を乗せた車輌は去って行く。

次の車輌の窓が音もなくするすると開き、腕が一本、横一文字に突き出される。手には鋭利な大型ナイフが握られている。ナイフは、前の車輌を呆然と見送っている先生の首を斜め後ろから切り裂き、すぱっと切断してしまう。体の方の切り口はたちまち皮膚が綺麗に癒着してつるりと光る。首の方は空中を何度か舞った後、プラットホームにぐしゃっと落ちる。駅を住処《すみか》としている鳩の群れが集まってきて、首の肉を啄《ついば》み始める。首はアンドロイドのような声で「エロイ、エロイ、レマ、サバクタニ」と呟《つぶや》く。

娘さんが交通事故に遭ったと聞かされた八色先生は驚き慌てて病院へ駆け付ける。手術衣を着た医者が出迎えてくれる。「お父さんですか。これから緊急手術を行います」

先生は医者の顔をよく見ようとする。この人は信頼の置ける人なのだろうか。しかし、背後から手術用ライトで照らし出されてシルエットになった医者は、顔の辺りがすっかり陰っていて、よく見えない。言い換えれば、顔がないようにも見える。しかし、先生は、医者の背中から巨大な鳩のような翼が生えていることに気付く。「ああ、よかった。この方は天使なのだ」

医者は手術台に載せた娘さんの体を慣れた手付きで切り刻んでいく。それを見ていて先生は心配になる。そんなに切り刻んだら、元に戻せないではないか。

突然、先生は、医者が裸足で、両足には先の割れた蹄《ひづめ》が付いていることに気付く。さらに医者の尻からは先の尖った尻尾が生えているのを見る。鳩に見えた翼は巨大な蝙蝠《こうもり》の皮膜と化している。

「ちょっと待ってください!」

先生は慌てて医者を止めようとする。しかし、娘さんの体は既に微小なパーツへと切り刻まれ、ジグソーパズルと化している。顔のない医者は先生に言う。「このパズルを組み立てなさい。お前の一生を費やしてこのパズルを完成させなさい」

先生は必死になって繋げてみるが、一つを繋げている間に残りのピースはさらに細分化されていく。ピースの数は余りにも多く、パズルを組み立て得る見込みはない。先生は呆然と立ち尽くす。


八色先生は奥さんと娘さんと一緒に夕食の席に着いている。久し振りに三人で囲む食卓だ。

目を閉じてお祈りの言葉を短く唱える。目を開けて食べようとすると、テーブルの上には微小な羽虫が無数に蠢《うごめ》いている。食べ物も羽虫で覆われている。

「何だ、これは? どこから入って来たんだ?」と先生が声を張り上げると、奥さんは氷

のように冷たい声で、

「両親の実家がある鬼首村から」と答える。

驚いて奥さんの方を振り向くと、奥さんの顔には無数の羽虫がたかって蠢いている。娘さんの顔も羽虫で埋め尽くされ、黒く波打っている。先生は慌てて二人の顔から羽虫を払い除けるが、既に皮膚が食い破られ、肉が露出し、血が滴り落ちている。羽虫は、追い払っても追い払っても、すぐに戻って来て、奥さんと娘さんをむさぼろうとする。対処する間もなく、二人は目も鼻も口も耳もないどろっとした肉の塊になり、さらにその肉塊も溶けるかのようにみるみる縮んで消え去っていく。


八色先生はアルバムを繰っている。デジタルカメラなどなかった時代のスナップ写真が貼られたアルバムだ。機械弄りが好きな先生は、奥さんと娘さんを亡くす前はカメラに凝っていた。半年分の給料が吹き飛ぶほど高価なM型ライカを購入し、奥さんと娘さんの写真をずいぶん撮ったものだったが、二人を亡くしてからは、カメラは打ち捨てられて埃を被っていた。

当然のことではあるが、被写体になるのは娘さんが多かった。生まれたとき、這ったとき、立ったとき、歩んだとき、喋ったとき、幼稚園に入園したとき、遊戯のとき、卒園したとき、小学校に入学したとき、学びのとき、遊びのとき――事あるごとに、いや、何事もないときでも娘さんの写真を撮った。

先生はアルバムを捲っていく。呆気に取られる。そこに写っているのは見ず知らずの少女である。次の写真には別の知らない少女が、その次の写真にはまた別の少女が写っている。

「これはどうしたことか」

娘さんが両親を撮った写真がある。先生と写っているのは見ず知らずの女性である。セルフタイマーを使って三人で撮った写真がある。見ず知らずの少女を中央に挟んで先生と写っているのは、別の知らない女性である。

さらにページを捲ると、写っているのは風景だけである。公園や遊園地や小学校が写っているが、人物は誰も写っていない。見ているうちに、先生は奥さんと娘さんがどんな顔をしていたのか思い出せなくなってくる。いや、奥さんと娘さんがいたことさえ、もう思い出せなくなっている。

八色先生はいつものように壁の方を向いてベッドで横になっている。寝返りを打つ拍子に、ふと見上げると、部屋の中央、床から二メートル半ほどの高さの空間にカメラが浮かんでいる。八色先生ご自慢のM型ライカだ。ライカは独りでにカシャリ、カシャリとシャッターを切っている。

「何を写しているのだろう?」

先生はベッドから起き上がり、手を伸ばしてライカを捕まえる。それを抱えて地下の現像室に降りて行く（もちろん現実の八色先生の自宅には地下室などない。全ては「幻像」の中の話である）。

地下室は真っ暗な中に赤いランプだけが点《とも》っている。先生は慣れた手付きでカメラからフィルムを取り出して現像し、引き伸ばし機に掛けて印画紙に焼き付けていく。印画紙を現像液に浸けると、画像が浮かび上がってくる。

先生は驚愕する。

奥さんと娘さんの「事件」の一部始終が写真に収められているではないか。向こうを向いた男が二人に襲い掛かり、布のようなもので鼻と口を押さえ、窒息死させていく。初めは苦痛に喘いでいた二人が、次第にぐったりと意識を失っていく様が順に写し出されている。

「殺してやる。こいつを見付け出して殺してやる」——先生は憤怒《ふんぬ》に駆られてそう考える。

最後の一枚で遂に犯人がこちらを振り向く。

そこに写っていたのは八色先生自身の顔であった。

八色先生はアブラハムの服装をしている。尤も、アブラハムが実際にはどんな服を着ていたのか、誰にも確実なことは分からない。正確に言えば、先生は、「天地創造」という映画でアブラハムを演じているジョージ・C・スコットと同じ服装をしているということだ。古代イスラエルは家父長制社会であったので、跡継ぎの生まれることが何よりも重要であった。イサクは、アブラハムが年老いてから授かった息子で、アブラハムにとっては掛け替えのない大切な宝物であった。ところが、神ヤハウェがアブラハムにイサクを生け贄として捧げよと命令する。跡取り息子を、羊か牛ででもあるかのように、屠《ほふ》って焼いて神に捧げよというのだ。何という残酷な神であろうか。アブラハムは苦悩する。しかし、神の命令は絶対である。アブラハムは絶望に捕らわれながらも、息子イサクを連れてモリヤの地にある山に登り、祭壇を築き、薪《たきぎ》を並べ、息子を縛って祭壇の上に載せ、刃物を取って屠ろうとする。

そのとき、声が聞こえる。「アブラハムよ、その子に手を下してはいけない。あなたが神を畏れる者であることが、今、分かった」。天使が現れ、アブラハムの手を押し止める。「創世記」に記された有名な「イサクの奉献」の物語である。今、アブラハムの服装をした先生に神の命令が下る――「お前の娘、お前の愛する久美を焼き尽くす貢ぎ物として捧げなさい」

そこで、先生は娘さんと一緒にモリヤの地を目指して出発する。しかし、先生にアブラハムのような絶望感・悲壮感はない。先生は聖書学者として「イサクの奉献」の物語を熟知していた。「久美を屠る真似をするだけでよいのだ。神は最後の瞬間になって、刃物を持った俺の手を押し止めてくださるのだ」

先生は、娘さんを連れて山に登り、祭壇を築き、薪を並べ、娘さんを縛って祭壇の上に載せ、刃物を取って屠ろうとする。「さあ、神の声が聞こえるはずだ。俺の信仰を誉めてくださるはずだ」――ところが、声は聞こえない。完全な沈黙だけが辺りを支配している。おかしい。突然、振り上げた刃物が異様に重くなる。俺の手を押し止めてくれる天使はどこにいるのか。しかし、天使はどこにもいない。先生の手は刃物を支えていることができなくなり、刃物はそれ自体の重みで振り下ろされる。娘さんの首がすぱっと切断され、空中を何度か舞った後、火の中に落ちて燃え始める。

このような――いや、実際には、これよりもさらに悍《おぞ》ましい、言葉に言い表わすのも憚《はばか》られるような「幻像」が寝ても覚めても八色先生を襲った。或る幻像の中で先生が死に、次の幻像の中で奥さんと娘さんが死に、続く幻像の中で三人が死に、元に戻ってまた先生が死んだ。幻像は切れ目なく襲い掛かり、息吐く間もなかった。

八色先生は神を呪った。考え付くありったけの汚い言葉で神を呪った。そうすれば神が罰として先生を殺してくれるのではないかと思ったのである。神に向かって喚《わめ》き散らした後で、「さあ殺せ！」と挑んだ。呪いの言葉が尽きると、一転して先生は神に嘆願した。首《こうべ》を低く垂れて「どうか今この瞬間に私の命を取り去り、この苦しみを終わらせてください」と乞い求めた。

それでも先生の命が取り去られることはなかった。

八色先生は神を信じていたが、悪魔や悪霊といったものは一切信じていなかった。それこそが古代イスラエルの人々の本来の考え方であり、神とは異なる悪の原理を想定することは、ずっと後になってゾロアスター教などの二元論に影響された結果である。この宇宙に存在するあらゆる物事、この宇宙に生じるあらゆる出来事は神の意志に基づく。しかし、悪魔的存在を信じないとすると、人間にとって好ましいことばかりでなく、好ましくないことも神に由来することになる。そこで、古代イスラエルの人々は、自然災害や軍事的敗北などのあらゆる悪を、罪を犯した自分たちに対する「神からの罰」として、或いは時には自分たちを鍛え上げようとする「神からの試練」として解釈した。

人々は神の特性として「創造主」「全知」「全能」「善」「義」「愛」といった性質を思い浮かべる。しかし、それらは後になってから付け加えられた特徴であり、古代の人々にとって神とは何よりもまず「恐ろしいもの」「畏怖《いふ》の念を引き起こすもの」であった。彼らが事あるごとに羊や牛を屠って生け贄として捧げたのは、「恐ろしい」神を宥《なだ》め賺《すか》そうとしてのことである。八色先生は今初めて神の「恐ろしさ」を骨の髄まで実感することになった。

「だが、この懊悩《おうのう》に値するどんな罪を俺は、妻は、犯したのか。いや、仮に俺や妻に咎《とが》められるべき点があったとしても、娘は、久美は、何をしたというのか」

どれだけ問うてみても、神は沈黙したままであった。

夏期休暇が終わり、秋学期が始まったが、初めの数週間は休講にせざるを得なかった。その後、漸く大学に戻れるようになった八色先生ではあったが、その窶《やつ》れ果てた姿に教職員や学生は驚いた。研究や教育やその他の業務をこなすことは誰の目から見ても無理であった。

幸い大学の教員には「在外研究」という制度がある。七年以上継続して勤務した教員は一年間或いは半年間、授業や会議などの職責から解放され、外国へ留学して研究に打ち込める制度である。神学部のような小さな学部は常に人手不足の状態で、制度はあると言うものの、実際にはなかなか在外研究に出ることはできないのだが、八色先生の窮状を見兼ねた当時の学部長が、一年間職場を離れて在外研究へ行くことを強く勧めた。

しかし、気力も体力も失ってしまった八色先生は外国で一年間、一人で暮らす自信がなかった。また、グレープフルーツの世話をしなければならなかった。そこで「国内研究」を願い出ることにし、承認された。

とは言え、もちろん研究などできる状態ではなかった。単に日常生活を送るだけのことが途方もない苦役に感ぜられた。顔を洗い、歯を磨くだけで疲労困憊した。何をするにしても、以前の倍以上の時間が掛かった。のろのろと食事をするが、何を食べても何を飲んでも、味がせず、美味しいと感ずることがなくなった。ベッドに入っても、なかなか眠れず、やっと寝たかと思うと、早朝に覚醒した。世界はくっきりした形や色を失い、全てがぼやけ、暗澹《あんたん》たる場に見えた。楽しいと思えることは何一つなくなった。その他、漠然とした不安や焦燥感、自責の念、認知・判断機能の低下、睡眠障害、頭痛や胃痛、精力減退など鬱病に付き物の症状をここで細々と書くことは控えよう。

その一年間、八色先生にとっては時間が止まったままであった。先生は几帳面な性格で、毎日、日記を付けていたが、一行も書かなくなった。人生は前に進まず、毎日が同じことの繰り返しであった。送られてきた郵便物に日付を記入する習慣があったが、それもやめてしまった。日付が意味を持たなくなったのだ。先生の眼差しは過去に向けられたままであった。

その一年間、八色先生は自らを強いて可能な限り歩き回った。本当は家に閉じ籠もって動かずにいたかったが、家にいても何もできなかったし、じっとしていると抑鬱《よくうつ》状態はますます酷くなった。唯一できることが散歩であったのだ。家から出るときにはかなりの努力が必要であった。一旦外に出ると、惰性で歩くことができた。

散歩コースの途中には鉄道の線路沿いの道があった。八色先生は踏切で立ち止まって電車が通過するのを眺めた。電車が来るたびに先生は考えた。

「今、飛び込めば、全ては瞬時に終わる。もう苦しむこともない。どれほど楽だろうか」

なぜ飛び込まなかったのか。八色先生はなぜ自ら死を選ばなかったのか。

そこには理由などなかった。主義主張などなかった。

キリスト教においては自殺は否定されているが、八色先生自身は自殺を否定する強い信念を抱いていたわけではない。

生に対する本能的な執着が、死に対する衝動的な誘惑を辛うじて上回っていたというだけのことである。ここまでぼろぼろになりながらも、ありとあらゆる生き物に生まれながらに備わっている生き続けたいという欲求が、まだ先生を動かしていたのであった。

「自殺をする勇気があれば、何でもできる」という人がいるが、とんでもない誤解である。

確かに勇気を奮って決然と死に向かう人々もいる。燃え盛る家に閉じ込められた人を救おうとして炎の中に飛び込んで行く消防士。政治的な信念を実現するために圧政と戦う革命家。宗教的な信仰を貫くために迫害を耐え忍ぶ殉教者。そういった自殺と（それらを

「自殺」と呼んでよいのかどうか分からないが）日常生活の中で見聞きする自殺を混同してはいけない。

八色先生も健康なときには、自殺とは死を主体的に選び取り、死に向かって突き進んで行くという能動的・積極的な行為だと思い込んでいた。しかし、違うのだ。死に魅力があり、死を求めて行為が行われるわけではない。自殺とは、生が余りにも辛いので、生から押し出されてしまうという、ただそれだけの受動的・消極的な行為なのだ。死というプラスのものに引き付けられるのではなく、生というマイナスのものから飛び出してしまうことなのだ。人間は、これといった理由もなく、生に執着しているから生きているのであり、苦痛が執着を凌駕すれば、生からふらりと離れ出てしまうのである。先生の場合、生への先天的な執着が生への後天的な嫌悪をまだ上回っていた。

来る日も来る日も八色先生は飛び込むことができず、踏切の手前で電車が通過するのを眺め、目を閉じて次の電車が通過する音を聞いた。そして、踵《きびす》を返し、家路に就いた。ただし、一度だけではあるが、危うく飛び込みそうになったことがあった。そのころ八色先生は間断なく「私の命を差し出しますので、代わりに妻と娘を、いや、せめて娘だけでも生き返らせてください」と神に乞い求めていた。神と取り引きしようと試みたのである。或る日、その祈りが余りにも強くなり、今この瞬間に命を差し出せば、娘さんが本当に生き返るのではないかと思われてきた。その思いは確信にまで高まった。先生は何かに取り憑かれたかのようにふらふらと遮断棹《しゃだんかん》を潜《くぐ》り抜けようとした。そのとき突然、背後から、

「お父さん！」

と呼ぶ声が聞こえた。先生は慌てて振り向いた。踏切が開くのを待っている数人の姿が見えたが、娘さんはどこにもいなかった。その間に電車は通過していた。先生は心臓がかつて経験したことがないほど速く拍動しているのを感じた。両耳の奥底で血液が脈を打って流れる音が聞こえた。その音を聞いているうちに先生は我に返った。

別の日のこと、八色先生は公園のベンチにぼんやり座っていた。

先生の目は特に何かを見ているわけではなかった。しかし、視界の片隅にあるブランコが揺れ始めた。何だろう？　小さな女の子がブランコによじ登るようにして座り、漕ぎ始めたのだ。先生は女の子が楽しそうにブランコを揺らすのを見るともなく見ていた。

「なぜ俺の娘は死んだのだろう？　なぜ久美は死んでしまい、この子は生きているのだろ

う？　なぜ死ぬのが久美でなければならず、この子ではなかったのだろう？　なぜ久美は死んだのだろう？　なぜ久美は死んでしまい、この子は生きているのだろう？　なぜ死ぬのが久美でなければならず、この子ではなかったのだろう？」

突然、先生は自分がこの見ず知らずの少女に対して凄まじい憎悪を感じていることに気付いた。と同時に、心の奥底から言い様《よう》のない恐怖が突き上げてきた。自分がどうにかなってしまい、この女の子を絞め殺してしまうのではないかという恐れに捕らわれたのだ。先生は慌ててベンチから立ち上がると、自宅に逃げ帰り、鍵を閉めると、暫くは散歩に出ることができなかった。

八色先生はそれまで人に対して怒ったり嫌ったりすることが殆どなかった。ところが、今では、自責の念を抱く一方で、他者に対して容易に憤怒や嫌悪を感ずるようになった。とりわけ死んだ妻に対して大変な憤りを感じていることに気付いた。

「あいつが墓参りにさえ行かなければ、何事もなかったのだ。

あいつは何だって墓参りになど行ったのだろう？

主イエスも『死者は死者に葬らせよ』とおっしゃっているではないか。

また、何だって久美を一緒に連れて行ったのだろう？　行きたければ一人で行けばよかったのだ。

そもそも俺は何だってあんなやつと結婚したのだろう？　あんなやつと結婚さえしなければ、何事もなかったのだ」

奥さんの顔も体も、眼差しも声音《こわね》も、語った言葉も料理の味も掃除の仕方も、何もかもに憤りを覚えた。

「そうだ。あいつは何か独特の匂いがした。あの匂いを思い出すたびに吐き気がする。はらわたが煮えくり返るとはこのことか。今度会ったらボコボコに叩きのめしてやる」

そんなふうに考えたものの、もちろん奥さんに会うことは二度とないと分かっていた。


八色先生は朝、起床してから、夜、就寝するまで、いや、夢の中でも二人のことを考えていた。顔を洗うときも、食事をするときも、散歩に出るときも、買い物をするときも、一日二十四時間、妻子のことを考えていた。二人のことを考えていない瞬間などなかった。

人間は反芻《はんすう》する動物である。牛が食物を反芻するように、人間は記憶を反芻する。一旦は無意識の奥底に押し込めたはずの記憶を取り出しては嘗め、しゃぶり、噛み、砕き、何とか消化できる形にして飲み込み、忘れ去ろうとする。しかし、強烈な記憶は忘却へと至る途上でまたもや呼び戻され、意識に立ち昇り、人間に反芻を強いるのだ。八色先生は二人との出会いから別れに至るまでの関係を一つひとつ思い出し、自分はいつどこで何を間違えたので二人を助けられなかったのか、どうすべきだったのかを考えて──「事件」は先生の手の届かないところで起こったにも拘らず──自分を責め苛《さいな》んだ。

頭の中では常に二つの言葉が鳴り響いていた。

「なぜ……?」

「会いたい……」

「なぜ他ならぬ俺の妻と娘が人生の半ばで死ななければならなかったのか」──八色先生は答えの出ない問いを執拗に問い続けた。問わざるを得なかった。寝ても覚めても考え続けた。人は皆、自らに降り掛かった災厄の「意味」を自らで見出さなければならない。言い換えれば、自分で納得できる「解釈」に辿り着かなければならない。人によってどのような解釈に納得できるかは異なっている。或る人が自らの苦悩を「神からの罰」という解釈で納得できたとしても、他の人はそんな解釈に全く満足できない。別の或る人が自らの不幸を「前世からの業報」という解釈で受容できたとしても、別の他の人はそんな解釈が全く理解できない。

「人生の本質とはこれだ。『他ならぬ私がなぜこれほどまでに苦しまなければならないのか』という問いに対する答えを見出すこと——それこそが人生の目的であり、人間は生涯を懸けてその答えを見出さなければならない。人生とは苦しみの意味へと至る巡礼路なのだ。人間を他のどのような動物よりも惨めに、しかし崇高なものにしているのはそれなのだ」と先生は考えた。

「俺の人生において、あの一年間ほどエネルギーを消耗した年はなかった」と後になって八色先生はよく考えた。とは言え、肉体は毎日の散歩だけに、精神は記憶の反芻だけに充てられ、それ以外は何もしていなかった。何も作り出していないのに、ただ生きているだけで莫大なエネルギーが必要とされたのだ。それは喪失の後、態勢を立て直すためだけに費やされたエネルギーであった。連日、目覚めたときには既に疲れていたが、一日の終わりにはくたくたに疲れ果てて指一本動かせないほどであった。それは、新しいものを創造する活動に伴う心地よい疲労感・達成感ではなく、破壊された残骸を後片付けするときに痛感される消耗感・徒労感であった。

病的な抑鬱状態からの回復は右肩上がりの一直線にはいかなかった。一歩前進しても一歩後退し、時には二歩も三歩も後退した。珍しくよく眠れたと思ったのも束の間、また眠れない夜が続く。久し振りに完食した次の日には食欲が全く出ない。「俺はもう決して元の健康な状態に戻れないのではないか」と考えて絶望に捕らわれた。


それでも、八色先生はごく僅かずつ回復に向かった。初めは水銀の沼に落ち込んで前にも後ろにも身動きできなかった先生であったが、やがて泥濘《ぬかるみ》に足を取られながらも少しずつ泥を掻き分けて前進できるようになった。そして、足を遮るものが泥濘から濁流に、濁流から小川の細流《せせらぎ》に変わり、遂には何の困難も感じずに歩けるようになった。抑鬱症状は続いていたが、日常生活をそれなりにこなせるようになり、一年後、職場に復帰した。

大学教員の仕事は、論文執筆とそのための調査（文献の読解や資料の発掘や実験の実施など）を中心とする「研究」、授業や講演や学生指導などの「教育」、会議への出席や書類の作成や入学試験の実施などの「雑務」（と言うと、語弊があるが）の三種に分けられる。

「教育」においては、八色先生はまた教壇に立って授業ができるようになった。先生は聖書解釈学を担当していた。様式史的研究・編集史的研究・その他の伝承史的研究、予型論的解釈・実存論的解釈・構造主義的解釈・心理学的解釈・社会学的解釈・文芸学的解釈など様々な方法論を丁寧に分かりやすく解説した。高度に専門的な学問で、それを学ぶ学生の数も少なかったが、それだけに受講生は皆、熱心に聴講した。

しかし、先生は教室で学生に向かって様式史的研究とは何か、編集史的研究とはどのように行うのかを解説しているときでも、頭の大半では妻子のことを考えていた。それは不思議な感覚であった。

「どうしてこんなことができるのだろうか。

俺は平然と学生たちに聖書解釈学を教授している。

学生たちは皆、俺が頭の中で解釈学のことだけを考えていると思い込んでいる。だが、実際には、俺の頭の半分は、いや、それ以上は妻と娘に対する思いで占められているのだ」

こうして先生が学生に向かって話し掛けるときにも、黒板に向かって文字を書くときにも、学生や黒板と先生の間には奥さんと娘さんの姿が浮かんでいた。つまり、先生は何事にも直接的に関わることができなくなった。どんな対象物と相対《あいたい》する際にも、その対象物と先生との間に奥さんと娘さんの姿というヴェールが存在し、そのヴェールを通さずには何事にも関われなくなったのだ。

学部の最終学年を迎えた学生が卒業論文の、或いは修士課程や博士課程に入学したばかりの大学院生が修士論文や博士論文の、テーマを決めるために八色先生のアドバイスを求めて面談にやって来る。

「『ローマ書講解』におけるカール・バルトの罪理解について書きたいのですが」と或る学生が言う。

「そのテーマでは、単にバルトを要約するだけになってしまう。それよりも、例えばキルケゴールの罪理解がバルトに及ぼした影響について調べてみてはどうか」と先生は答える。

「ブルトマン神学に対するハイデガー哲学の影響について研究しようと思います」と述べる学生には、

「それは、書く前から結論が分かっているよ。それよりも、聖書の箇所をどこか取り上げ、ブルトマンの実存論的解釈と他の誰かの解釈を比べる方が面白い」とアドバイスする。

「ヴィクトール・フランクルとヘブライ語聖書の関係を研究したいのですが」

「なるほど。で、君はフランクルのどの著作を読んだのか。何?『夜と霧』しか読んでいない。それでよくフランクルを研究したいなどと言えるな。まず*Der Wille zum Sinn*を読んでみなさい。ロゴセラピーの基礎が説明されている。英訳が出ているよ」

そんな遣り取りを学生としているときも、八色先生は奇妙な感覚に襲われた。

「この学生は、俺が全神経を集中して論文の相談に乗っていると思い込んでいるのだろう。でも、本当は、俺はこの学生のことなどこれっぽっちも考えてはいないのだ。実際のところ、脳細胞の一パーセントも割いてはいない。俺の脳の九十九パーセントは妻と娘のことを考えているのだ。だが、誰もそれに気付かない」


八色先生はまた、神学部教授会をはじめとする様々な会議に出席して議論を交わしたり、複数の委員を兼任したり、諸種の書類を作成したり、学術雑誌を編集[4]したり、学会の運営に携わったり、入学試験を実施したり、入学を希望する高校生や保護者に説明会を開いたり、他大学の教職員と連絡を取り合ったりといった「雑務」も問題なくこなせるようになったが、そんなときでも仕事に割り当てられているのは脳細胞の一パーセントにしか過ぎなかった。

要するに、八色先生は何事にも「没頭する」ことができなくなった。以前は我を忘れて聖書の原典や古文書の解読に沈潜したものであった。ヘブライ文字やギリシャ文字で書かれたたった一文を解釈するのに何時間も何日も費やしているとき、先生の思念からは他のあらゆる事柄に対する気遣いが排除されていた。それが今では、妻子のことを考えずに何かに「打ち込む」ということができなくなった。

こうして八色先生は脳細胞の一パーセントだけを使って教育や雑務や日常生活を捌《さば》くようになった。ちょうど自動車を運転する人が、キーを入れ、サイドブレーキを外し、ハンドルを握り、アクセルを踏みながら、頭の中では全く別のことを考えられるように、授業や面談や会議やらをそつなくこなしながら、脳細胞の九十九パーセントでは妻子のことを考え続けていた。

ただし、例外もあった。

学生の中には、幼いころ家族から虐待を受けたり、中学校でいじめられて不登校に陥っ

4 同志社大学神学部では『基督教研究』という学術雑誌を発行している。

たり、高校生のとき辛い恋愛体験をしたりして、心に深い傷を負っている者がいる。そうした学生は他の教員ではなく、決まって八色先生に親近感を抱き、悩みを打ち明けた。心に痛手を負った者は同じ苦悩を味わった者を見分けられるかのようであった。

彼ら／彼女らに対しては八色先生も親身になって相談に乗った。指示を与えるのではなく、的確な相槌を打ちながら話を聞いて深く共感するだけであったが、八色先生に見守られながら学生たちは立派に学業やサークル活動やアルバイトをこなし、しかるべき就職先を見付けて巣立っていった。

「薄情ですが、たいていの卒業生のことなどすぐに忘れてしまいます。でも、いつまでも私の記憶に残っているのは、あれらの心に傷を抱えた学生たちです。あの子たちは他人とは思えなかった。あの子たちに接するときには私も脳細胞の一パーセントではなく、五十パーセントくらいは使って話を聞いていたのではないでしょうか」と八色先生は微笑みながら、しかし目だけは少し寂しげに私に語った。「恐らく、あの子たちの話を聞くことが私自身の癒しになっていたのでしょう」

「教育」と「雑務」は大過なく行えるようになったものの、「研究」はそうはいかなかった。大学教員は定期的に論文を発表する必要があるので、八色先生は留学時代やまだ元気だったころに執筆した論文を「焼き直し」することで辛うじてその義務を果したが、もはや独創的な研究はできなくなっていた。「閃き」がなくなったのだ。

「俺は何を研究していたのか。何を研究するはずだったのか」

思い出すのに苦労した。

「ええっと、あれは何だったっけ？

素晴らしいアイデアがあったんだ。

古《いにしえ》の神学と最新の言語学を結び付けるアイデアが。

そうだ、『創造論』と『救済論』と『終末論』とでは用いられるメタファーが微妙に異なっているのだ。また、メタファーの違いがそれを物語る人間の空間・時間感覚に影響を及ぼすのだ。『創造論』で主に用いられるメタファーを『救済論』に組み込めばどうなるか、『救済論』のメタファーを『終末論』に当て嵌めればどうなるか、そこにどんな新しい思想が生まれるか、空間・時間感覚がどのように変化するか、といったことを研究したかったのだ。

そうだ、若いころ、このアイデアをシカゴ大学神学校の指導教授たちに話したところ、皆、激励してくださった。

『ジョン、それは素晴らしいアイデアだ。ぜひやり遂げなさい』と。

俺はパウル・ティリッヒやミルチャ・エリアーデやポール・リクールから直々に指導を受けたのだ。

それから、何だったっけ？

何かしら善と悪の二分法を乗り越えるようなアイデアもあったな。近代以前の価値絶対主義と近代以降の価値相対主義の対立を言語学的に超克するようなアイデアだ。ニーチェの立場から聖書を読み、聖書の立場からニーチェを読もうとしたのだ。だが、すっかり忘れてしまった。

宗教を『言語ゲーム』として捉え、複数の言語ゲームを統一する言語ゲーム、いわば『メタ言語ゲーム』を組み立てようとしたこともあった。——いや、どっちみち誰かがどこかでもうやり終えているだろう。

そうだ、研究を続けていれば、俺は世界に通用する神学者になっていたことだろう。日本の聖書学を飛躍的に発展させていたことだろう。

神はなぜそれをお許しにならなかったのか。

なぜ俺の人生を破壊されたのか。

若いころ、あれほど嘱望されていたのに。

俺は学者として全く無能な人間に成り果ててしまった――」

八色先生の目から涙が零れた。しかし、それは開発されないままに終わった自分の才能、無駄に消尽した自分の人生に対する涙であって、奥さんと娘さんに対する涙ではなかった。二人の死後、二人以外のものに涙を流したのはそれが初めてであった。


奥さんと娘さんが亡くなってから何年か経った日のことである。

中学校への進学を翌年に控えていた娘さんには、小さいながらも自分の部屋が与えられていた。八色先生は換気のためにその部屋へ足を踏み入れることがあった。娘さんが墓参に行った日から何も変わってはいなかった。勉強机やベッドも、ランドセルや教科書や文房具も手付かずのままであった。人形や縫いぐるみはほとんどなく、本だけがやたらに多かった。壁に「木靴の樹」のポスターが貼ってある。

離乳食の袋や玩具《おもちゃ》のような靴やクレヨンの切れ端といった、八色先生が集めていた娘さんにまつわるガラクタの入った箱も、もちろん、捨てることはできなかった。たとえ捨てることができたとしても、何も変わりはしない。記憶が消え去ったり、苦しみが軽減したりするわけではないのだ。

「娘の人生とは何だったのか。十二歳で死ななければならない人生にどんな意味があったのか」――遺品を見ながら、既に何百万回も問い続けてきた問いをまた繰り返した。

奥さんは、娘さんに手が掛からなくなると、以前より担当コマ数は減ったものの、またミッション・スクールの非常勤講師を引き受けていた。奥さんにも専用の仕事机やキャビネットがあり、授業で使う学習指導案や資料や配布プリントが整然と収納されていた。机の下には段ボール箱が置かれていた。奥さんの死後、八色先生が学校へ出向き、講師用のロッカーに保管されていた私物を、その中に詰め込んで持ち帰って来た段ボール箱であった。

奥さんの持ち物も、もちろん、捨てることはできなかった。先生はキャビネットに遺された奥さんのノートを一冊ずつ、読むともなく読んでいった。中学生や高校生に「聖書科」を教えるために集めた情報が書き込まれていた。

仕事机の上から一番目と二番目の引き出しは鍵が掛かるようになっていた。八色先生は奥さんの遺品の中から鍵を取り出して錠を開けてみた。一番上の引き出しには、今となっては無用の印鑑や辞令や年金手帳が入っていた。二番目の引き出しの奥に、他のノートよりも小振りで高価そうなノートが一冊、書類の間に押し込んであった。以前に引き出しを開けたときには見落としていた。手に取って開いてみた。細かい字で何やら書き込んである。行間は狭いが、余白が多い。ただし、幾つもの単語が二重線で消されて書き直されているので、余白は修正で満ちている。

凡庸なる有限

いくたびこの海辺を訪れ
岩礁に打ち寄せる泡立つ波を眺めては
涙を零したことであろう
心に傷を付けるために
私自身の言葉に込められた毒に

その毒にすら気付かぬあなたの愚鈍さに

波は寄せ
岩を削る
波の一寄せごとに
岩は摩滅する

水平線の彼方、空と海が出会うところ
そこに類稀《たぐいまれ》なる無限がある
こちらには凡庸なる有限があるのみ

「何だ、これは?」

カサカサ

あなたの血液は
乾いた砂の音がする
ドクッ、ドクッ
と波打つはずが
カサッ、カサッ
と零れ落ちる

砂時計の砂よ

細胞の一つ一つにまで
血管は行き渡り
血液を送り届ける
カサカサと

八色ヨハネ先生

夢の形・色・重さ

覚えていますか
夢にまだ
形があったころのことを
夜空に浮かぶ満月のようにくっきりした
窯から出したパンのようにふっくらした
我が子の背負うランドセルのようにしっかりした
形があったころのことを

覚えていますか
夢にまだ
色があったころのことを

八色ヨハネ先生

秋晴れの青空のように爽やかな
古城に咲く薔薇のように鮮やかな
淹れたての紅茶のように穏やかな
色があったころのことを

覚えていますか
夢にまだ重さがあったころのことを
薬指に嵌めた指輪のように潔い
初めて抱いた赤ちゃんのように尊い
土産に買った夫婦茶碗のように懐かしい
重さがあったころのことを

今、形は崩れ、色は褪《あ》せ、重さは消え
夢は――

余りにも稚拙過ぎて「詩」とも呼べない代物であったが、女性の偽らざる心情が吐露されているようにも思われた。いずれの「詩」も人生の空しさや愛情の枯渇が主題となっているようであった。八色先生やその他の特定の人物に対する直接的な「呪詛《じゅそ》」は一言もなかった。長いものもあれば、短いものもあり、どこで始まりどこで終わるのか分からないものも多かった。それらの「詩」を読んでいくうちに、自分は妻のことを何一つ理解していなかったのではないか、妻は癒し様《よう》もないほど不幸だったのではないか、という思いが湧き上がってきた。

バベルの塔、或いは雨の予感

私は一人この塔に登り
その高みから下界を
そう、人間たちの造った猥雑《わいざつ》な街並みを

眺めるのではなく
むしろ天界を
そう、神々の消え去った虚空を
見詰める
痕跡を
そう、意味の、充溢《じゅういつ》の、愛情の
痕跡を

空っぽ
私の人生

しかし、今
空にむくむくと
むくむくむくむくむくむくと
雷雲が湧き上がり

こちらに向かって押し寄せてくる
激しい雨になりそうだ
そう、私の人生の無意味さを、空虚さを、枯渇を
洗い流してくれる雨になりそうだ
ざあざあざあざあざあざあと
笑い飛ばしてくれそうだ

そうなれば、私も
傘も差さずにずぶ濡れになり
ざあざあざあざあざあざあと
声に出して笑うのだ
意味の、充溢の、愛情のない
空っぽ
私の人生を

「何か俺に不満があったのなら、正直に言ってくれれば、できるだけのことはしたのに。今となってはもう手遅れだ」と八色先生は考えた。

「いや、あのころの俺は愚か過ぎて、あいつが何を言っても、理解できなかっただろう。古典文献の解読はできるのに、妻の心の動きの一つも読めないなんて――」

それらの「詩」は、記憶の中で大切に守られてきた奥さんのイメージを歪め、壊し、全く別のものに書き換えていくかのように感ぜられた。先生はそのノートを最後まで読み通すことができず、元の場所にそっとしまった。

ちょうどそのころ、私は留学から帰国し、神学部に宗教哲学分野の教員として採用されることになり、八色先生と初めて出会った。先生は整った顔立ちをしていて、若いころはそれなりにハンサムだったのではないかと思われたが、私が出会ったときには既に額が禿げ上がり、両方の目の下には深い皺が刻まれていて、まるで涙を流すために彫った溝のようであった。いつも微妙な角度で前屈みになっていて、そのまま前に倒れ込んでしまいそうにも、まっすぐに起き直りそうにも見えた。そして、先生の全身からは深い苦悩が滲み出ていた。言い様のない暗鬱《あんうつ》さが先生を取り囲んでいた。私は別の教員から「八色先生は数年前に奥さんと娘さんを亡くされたのだ」と説明され、その陰々滅々たる雰囲気を納得した。先生は「国内研究」の一年間、毎日の散歩と記憶の反芻によって病的な抑鬱状態からは脱していた。しかし、たった一年で先生の苦悩が癒されるはずはなかった。いや、あれほどの苦しみは決して癒されることがないのだ。あの悲愴感はその苦悩から生じていた。どれほど月日が流れようとも、先生の心は奥さんと娘さんが亡くなったときに止まってしまったままであった。先生の精神は過去にのみ向けられ、絶えず二人のことを考え続けていた。ただ肉体だけが少しずつ老化していった。

「俺の人生は何だったのだろうか」と八色先生は自問することがあった。「失われたものを嘆くためだけに消尽された人生。ぽっかり空いた空洞を埋めようとしてもがき苦しむだけの人生。そんな人生に何か意味があったのだろうか。

――いや、少なくとも俺は二人の人間をこよなく愛した。それだけが俺の人生の意味だったのかも知れない」

そのようにして十二年の歳月が流れた。

死によって止まってしまう時間もあれば、死によって動き出す時間もある。

八色ヨハネ先生がそのことに気付いたのは、妻子の死によって彼の時間が止まってから十二回目の夏を迎えたときであった。その夏、同じ所で足踏みしていた先生の時間はまた動き出すことになったのである。

4

「俺はまだ運がよい方かも知れない」

あれだけの不運に打ちのめされたにも拘らず、後になって八色先生はそう考えた。

「喪失を味わわされた人間のうち余りにも多くの者が、時間の再開を知らずに死んでいく。或る者は心労のため、或る者は病気のため、そして或る者は自ら命を絶つ。俺はまだこうして生きている。そして、俺にとって時間はまた動き出した。

余りにも多くの者が、全てを奪い去られた後、失意のうちに死んでいく。俺は全てを奪い去られた後、もともと自分のものなど何一つなく、全てが与えられていたことに気付かされたのだ」

八色先生が歩みを止めていた十二年の間も、あのグレープフルーツは順調に成長を続けていた。子どもが育つようにすくすくと育ち、発芽してから十二年後の夏には、娘さんの背丈と同じ高さになった。そして、意外にも、実を付け始めた。花を咲かせたようにも見えなかったし、受粉もしていないだろうが、一本の枝の先が一ヶ所だけ丸く膨らみ始めた。初めは葉と同じ緑色をした小さな球体であったものが、やがて黄色く色付き、どんどん大きくなり始めたのである。

八色先生は不思議に思った。「種が発芽することは滅多にない。たとえ発芽したとしても、大きな木に育つことは滅多にない。たとえ育ったとしても、実を生らせることは滅多にない。たとえ実が生るにしても、二十年は掛かる」と考えていたからだ。

それは、二人の十三回忌からきっかり一週間後、八色先生が奇妙な慟哭の声を上げ、滂《ぼう》沱《だ》たる涙を流しながら倒れ込んで動けなくなったあの日から正確に十二年が経過した日のことであった。ベッドの端に腰掛け、先生は十二年前のあの日のことを思い出していた。

八色先生の視線は、大きく成長したグレープフルーツの樹木を捉えた。実はちょうど食べごろの大きさにまで膨らんでいた。しかし、もちろん食べることはできなかった。娘さんの生まれ変わりをどうして食べることができるだろうか。切り取ることも食べることも、その他どんな手出しもできない。このまま熟れ過ぎて腐るに任せるしかない。時間の経過と共に自然が変化するままに任せるしかないのだ。ぼんやりとそんなことを考えた。

突然、グレープフルーツの実に異変が起こり始めた。内側からレーザー光線で切り裂いたかのように、皮に綺麗な切れ目が走り、正確に二つに割れ始めた。

中から強烈な光が放射され始めた。グレープフルーツの二つに分かれた皮の中から何かしら物凄まじく光り輝くものが現れたのである。八色先生はその発光体の形や色や大きさを識別したいと思ったが、直視することができなかった。

人間は光がなければ何も見ることができない。だが、余りにも強い光源そのものを見ることもできない。それは部屋の中に太陽が忽然と現れたかのようであった。

八色先生は頭を下げ、目を固く閉じ、さらに交差した腕で目を蔽って、光を遮った。そうしなければ、目は耐えられなかったであろう。それでもまだ明るかった。先生はその明るさを全身で感じ取ることができた。これほどの光に照らし出されたことはかつてなかった。

光の中から声が聞こえた。

「八色ヨハネよ——」

「ここにおります」

先生はそう答えずにはいられなかった。それ以外の答え方は考えられなかった。

「お前の人生は今、始まる」

「主よ、私が苦しみの中で呻いていたとき、あなたはどこにおられたのですか」

「私はいつもお前と共にいる。これまでも、これからも共にいる」

「いえ、あなたはおられなかった。この十二年の間、あなたは私を見捨てておられました」

「いや、お前が私を見捨てていたのだ。お前は私に顔を向けようともしなかった。私の方を振り向いてさえいれば、お前は私がいつでもお前のすぐ後ろにいて、お前を支えていたことに気付いていたことであろう。

しかし、今、お前は私に向き合った。お前の人生は今、始まる」

「私の人生は既に終わっています」

「お前の人生は今、始まる」

「私の人生はあなたが破壊されました」

「お前の人生は今、始まる」

「私は人生の盛りを過ぎた老いぼれです。いずれにせよ、私の人生はあなたが破壊されました。私もかつては若くて才能に恵まれ、研究熱心な神学者でした。

私は長い間、あなたにお尋ねしたいと思っていました。なぜ私の人生を破壊されたのですか。

私には色んな論文のアイデアがありました。論文に纏め上げていたら、日本における聖書解釈学を飛躍的に発展させるようなアイデアをいっぱい持っていました。そうすれば、聖書に関する知識が日本に広まり、あなたに貢献することもできたでしょう。

それなのに、あなたは孤独によって私を破壊し、実行をお許しにならなかった。なぜなのですか」

「私が破壊したのはお前が自分のためだけに生きようとしていた人生だ。そんなものは破壊しても惜しくはない。

それまでお前は自分一人を喜ばせるためだけに業績やら地位やら名声やらを追い求めていた。

お前一人だけを益する業績、地位、名声——そんなものが何になろう？　富や長寿、いや、愛ですらも、お前一人だけを益するためのものであれば、必要ない。お前の欲望を満たすためだけに存在する人生など、何度でも破壊してやろう。——しかし、お前の人生は今、初めて始まるのだ」

「いえ、私の人生は既に終わっています。残りの人生をどう生きればよいのでしょうか」

「命は捨てるために与えられている。問題は何のために捨てるかだ。自分のために捨ててはならない。他者のために捨ててはならない。国家のために捨ててはならない。世界のために捨ててはならない。神のためにも捨ててはならない」

「主のためにも捨ててはならないとおっしゃるのですか。では、何のために捨てればよいのでしょうか」

「お前の場合、妻と娘のために捨てればよいではないか」

「妻と娘のために？　二人は死にました」

「本当にそうなのか。それは、お前が言っていることだ。それは、お前だけが言っていることだ」

「二人は生きているということでしょうか。妻は今、どうしていますか。娘はどうしているのでしょうか」

後で聞いたところでは、このとき八色先生は、二人は天国で楽しく暮らしている、或いは別の母娘に生まれ変わって幸せな人生を歩んでいる、といった答えを期待していたそうだ。しかし、グレープフルーツから返ってきたのは意外な答えであった。


「お前には娘はいない」

「あなたのおっしゃることは支離滅裂で矛盾だらけです。私には娘がいました。久美という名前でした。久美は今、どこでどうしているのでしょうか」

「久美はお前の娘ではない。私の娘だ。娘は私のものだから、私が好きなようにできる」

「娘を僅か十二歳で死なせるのがあなたの『好きな』ことなのですか。そこに正義があるのでしょうか。あなたは本当に義なる方であられるのでしょうか」

「お前の言う『正義』とは『公平性』のことか。あらゆる人間が同じだけ幸せになるという公平性のことか。

お前は聖書学者なのに聖書を読んだことがないのか。『正義』とは何か、はっきりと書いてあるではないか」

天国は、ある家の主人が、自分のぶどう園に労働者を雇うために、夜が明けると同時に、出かけて行くようなものである。彼は労働者たちと、一日一デナリの約束をして、彼らをぶどう園に送った。それから九時ごろに出て行って、他の人々が市場で何もせずに立っているのを見た。そして、その人たちに言った、『あなたがたも、ぶどう園に行きなさい。相当な賃金を払うから』。そこで、彼らは出かけて行った。主人はまた、十二時ごろと三時ごろとに出て行って、同じようにした。五時ごろまた出て行くと、まだ立っている人々を見たので、彼らに言った、『なぜ、何もしないで、一日中ここに立っていたのか』。彼らが『だれもわたしたちを雇ってくれませんから』と答えたので、その人々に言った、『あなたがたも、ぶどう園に行きなさい』。さて、夕方になって、ぶどう園の主人は管理人に言った、『労働者たちを呼びなさい。そして、最後にきた人々からはじめて順々に最初にきた人々にわたるように、賃金を払ってやりなさい』。そこで、五時ごろに雇われた人々がきて、それぞれ一デナリずつもらった。ところが、最初の人々がきて、もっと多くもらえるだろうと思っていたのに、彼らも一デナリずつもらっただけであった。もらったとき、家の主人にむかって不平をもらして言った、『この最後の者たちは一時間しか働かなかったのに、あなたは一日中、労苦と暑さを辛抱したわたしたちと同じ扱いをなさいました』。そこで彼はそのひとりに答えて言った、『友よ、わたしはあなたに対して不正をしてはいない。あなたはわたしと一デナリの約束をしたではないか。自分の賃金をもらって行きなさい。わたしは、この最後の者にもあなたと同様に払ってやりたいのだ。自分の物を自分がしたいようにするのは、当たりまえではないか。それともわたしが気前よくしているので、ねたましく思うのか』。

こうした会話を交わしている間にも、グレープフルーツの中から輝き出ている光はどんどん強くなっていった。

光は固く閉じられた瞼を通して入ってくるだけでなく、八色先生の体を構成している細胞の一つひとつに直接、貫き入り、染み渡り、作り変えているかのようであった。

それどころか、先生は自分の内面が光を発し始めたのに気付いた。あたかも発光体が先生の内部に移し入れられたかのようであった。内側と外側から照射され、一切の闇が駆逐された。

余りの光に耐えられなくなり、先生は気を失った。

目が覚めると、八色先生はベッドの上に横たわっていた。

「何だ、夢だったのか」

片頬を枕に付けたまま、目だけを動かして部屋の中を見回すと、グレープフルーツの実が枝からなくなっていた。

「なるほど。俺が眠っている間に、グレープフルーツの実が熟し過ぎて遂に枝から落ちたのだ。その一瞬の気配を感じ取った俺の無意識があんな夢を見させたのだ。もしかすると床に落ちたときに音がしたのかも知れないな」

八色先生はベッドから起き出してグレープフルーツの実を探すために床を見回した。見慣れた部屋である。しかし、先生は漠然とした違和感に捕らわれた。壁やドアや窓といった部屋の構成要素も、机や椅子や本棚といった家具も、書籍や文房具やワードプロセッサーといった備品も、全て現実のものであるはずなのに、酷くよそよそしいものに感ぜられた。見慣れたはずのものが、何かしら不可解なもの――本来は別のものがあるべきなのに、何かの間違いで、一時の間に合わせとしてそこに置かれている芝居の大道具・小道具ででもあるかのように思われたのである。ありとあらゆるものが、何かしら仮のもの——そのようにある必要は全くないのに、たまたまそうなっているもののように見受けられた。もちろん机は机のままであり、机であることをやめたわけではなかった。しかし、机は机である必然性を失い、偶発的に机という在り方を与えられただけであるかのように感ぜられた。

或いは、ちょうど双眼鏡を反対から覗いたときのように、ありとあらゆる存在が小さく纏まって、遠くの空間へ引き下がってしまったかのような印象を受けた。近くにあるはずのものまでが彼方へ遠ざかり、先生との間に無限の距離が広がっているかのように思われた。現実の世界が非現実的に、本物の世界が紛《まが》い物《もの》に見えた。

「まるで芝居の書割《かきわり》の中にいるみたいだ」

そう考えながら、壁に近付いてよく見ると、驚いたことに、それは壁ではなく、壁紙に描かれた壁の絵であった。ドアや窓や机や椅子も、全て壁紙に描かれた絵であった。

壁紙をペリペリ剝がしていくと、その背後に本物の壁が現れ、ドアが現れた。ダイニングキッチンに通じるドアである。

ドアを開けると、三人が食事を共にしたテーブルを挟んで、奥さんと娘さんが向かい合って座っていた。

「何だ、こんな近くにいたのか。二人はいつでもここにいたのだ。主はあれほど厳しいことをおっしゃって、俺を叱責されたのに、こうしてまた家族を一つにしてくださった。主の御名《みな》は誉《ほ》むべきかな」

心の奥底から涙が湧き上がってきて目から溢れ、頬を伝って流れ落ちるのが感ぜられた。涙は温かく、甘かった。それはこの十二年間流し続けてきた悲しみに満ちた涙ではなく、喜びによって生み出された涙であった。

先生が近付いて行くと、二人は本を読んでいた。

「何を読んでいるの?」と先生は訊いた。

後になって、このときのことを思い出すたびに、八色先生は「俺は何だってあんな間の抜けた質問を発してしまったのだろう?」と思った。あれほど待ち焦がれた末の再会であったのだから、正に死んでいた者が生き返ったのだから、もっと劇的な言葉を掛けるべきであった。映画のワン・シーンのように、二人を両腕に掻き抱き、「久美、真美子、生きていたのか！　済まなかった。赦しておくれ。もう決して放しはしない！」と叫ぶべきであったのだ。それなのに、実際に口を通じて出た言葉は「何を読んでいるの？」というものであった。

奥さんと娘さんは顔を上げ、先生を見て優しく微笑んだ。その微笑みは古代の仏像の口許に漂っている気品を思わせたが、同時にそこには何かしら皮肉めいたものが感ぜられた。二人は知恵の点において先生よりも遥かに進んだところに到達しているのだった。漸く真理探究の緒に就いた若者から青臭い質問を投げ掛けられたときに、森羅万象の秘密を知り尽くした先達《せんだつ》が返すような、悪戯っぽい皮肉を含んだ優しい微笑みだった。先生の目を見据えて微笑みながら娘さんが答えた。

「**受けるよりは与える方が幸いです**」

そこで本当に目が覚めた。八色先生はベッドの上に横たわっていた。

「何だ、夢だったのか」

片頬を枕に付けたまま、目だけを動かして部屋の中を見回すと、グレープフルーツの実が枝からなくなっていた。

「なるほど。俺が眠っている間に、グレープフルーツの実が熟し過ぎて遂に枝から落ちたのだ。その一瞬の気配を感じ取った俺の無意識があんな夢を見させたのだ。もしかすると床に落ちたときに音がしたのかも知れないな」

八色先生はベッドから起き出して床を見回した。すると、植木鉢の傍らに真っ二つに裂けたグレープフルーツの皮が落ちているのを見付けたが、中身はどこにも見当たらなかった。皮は、レーザーメスで切断したかのように、正確に二等分され、切り口はつるりとして仄かに光り輝いていた。

先生はその皮を拾い上げ、長い間じっと見詰めていた。それから、娘さんの遺品が収納されている箱に大切に仕舞い込んだ。

この出来事があった後、八色先生は直ちに退職を願い出た。

大学教員の定年は六十五歳である。しかし、たいていの私立大学では、所属学部と本人が共に同意すれば、定年を七十歳まで延長することができる。八色先生は六十五歳の定年までまだ二、三年、七十歳までには七、八年を残していたが、退職願を届け出た。もちろん学部長は慰留した。「先生は本学部にどうしても必要です。七十歳までが無理だとしても、せめて六十五歳まではいていただかなくては――。それに、もし今、辞めたら、『名誉教授』の称号を授与するためには勤続年数が三年足りませんが」

しかし、八色先生の決心は固かった。「名誉教授」の称号などどうでもよかった。とは言え、次年度のカリキュラムが既に組まれていた。つまり、次年度の開講科目や担当教員が既に決められていた。そこで、もう一年半勤め、翌々年の三月末をもって退職した。

同志社大学は、現在ではすっかり形骸化してしまったとは言え、キリスト教主義学校であり、今出川と京田辺の両校地でそれぞれ週に三回、「チャペル・アワー」と呼ばれる礼拝を執り行っている。チャペル・アワーでは、学長をはじめとする教員の有志や近隣の教会の牧師がメッセージを語ることになっており、もちろん神学部の各教員も年に何回か担当する。八色先生も、退職を願い出てから実際に退職するまでの一年半の間に、一度だけではあるが、礼拝でメッセージを語ったことがあった。「神義論とイエス」と題されたその奨励には、神との或る種の「和解」に至った先生の心持ちが語り出されているように思われるので、ここに再録する。

神義論とイエス

八色ヨハネ

「神義論とイエス」と題してお話しいたします。皆さんは「神義論」という言葉の意味をご存じでしょうか。

『広辞苑』には「神義論」ではなく「弁神論」という見出しで出ておりますが、同じ意味です。「弁神論」は「世界における諸悪の存在が全能な神の善性と矛盾するものでないことを明らかにしようとする立場」と定義されています。

これをもう少し詳しくご説明いたしますと、まずユダヤ教やキリスト教やイスラームでは、神は万物の造り主・創造主であり、全知全能であると同時に、善なる方・正義の神であると信ぜられています。ところが、この世の中の有様を見渡せば、誰でもすぐ気が付くように、悪い出来事で満ちています。一方には地震や台風などの災害や病気のように自然現象の中で人間に苦痛をもたらす「自然悪」があり、他方には戦争や犯罪や貧困のように人間の邪悪な行為によって引き起こされる「道徳悪」があって、この世界は自然悪と道徳悪で溢れています。全知全能で善なる神がこの世界をお造りになったはずなのに、なぜこのような悪がはびこるのでしょうか。これは確かに一見したところ矛盾です。神は全知全能だが、善なる方・愛の神ではないのでしょうか。つまり、神は実は意地悪い方であり、それでこの世に悪をもお造りになったのでしょうか。或いは、神は善なる方であり、愛の神だが、全知全能ではないのでしょうか。つまり、神はこの世に善だけを造り出そうと努力されたのですが、それを実行する力がなかったのでしょうか。或いは、もしかすると、そもそも神など存在していないのでしょうか。

　この矛盾に直面した思想家の中には、世の中に実在する悪を見据えながら、それは神の全知全能性と善性に反するものではないということを証明しようと試みた人々がいました。例えばライプニッツ（G. W. von Leibniz, 1646–1716, 独）はその一人で、実はこの「神義論」という言葉もライプニッツが初めて使ったと言われております。しかし、こうした問題意識は大昔からあるのでして、皆さんもよくご存じの通り、旧約聖書の「ヨブ記」はこの問題を取り扱っています。「ヨブ記」においては、常日頃、神を畏れ敬い、悪を避けて暮らしていたヨブに不幸な出来事が次々と襲い掛かります。「ヨブ記」はなぜ神が正しい人の苦しみを見捨てておかれるのかという問いを問うています。

この問いは人類にとって永遠の謎です。本日「神義論とイエス」という題名を見て、この永遠の謎に対する答えを聞けるのではないかと期待して来られた方がいらっしゃるとすれば、誠に申し訳ありませんが、私もこの難問に対する答えを持ち合わせておりません。また、こうした問いは、他の人から答えを教えてもらってそれで片が付くといった類いの問いではありません。私たち一人ひとりが悩み苦しみながら自分の人生を懸けて答えを求めなければならないような問いです。

さて、社会学者のマックス・ヴェーバー（Max Weber, 1864–1920, 独）は、宗教について研究するに当たり、この「神義論」という言葉をたいへん広い意味で用いました。それをごく簡単に申しますと、人間には、この世で生きている間に、数々の不幸な出来事が襲い掛かってきます。病気に罹ったり、災害に見舞われたり、争いに巻き込まれたりします。そんなとき、人は「なぜ私がこんな不幸な目に遭わなければならないのか」と問います。この問いに対する答えとなるような理論、つまり、不幸な出来事の原因を説明してくれる理論を、ヴェーバーは「不幸の神義論」と呼びました。そして、ヴェーバーはこうした「不幸の神義論」を提供すること、つまり、不幸な出来事の原因を説き明かすことを、宗教の果たす重要な役割の一つと見なしました。ヴェーバーは「不幸の神義論」のことをまた「世界の不完全性の問題」を解明する理論であるとも述べています。この世界は不幸な出来事で満ち溢れていますが、なぜ世界がこんなに不完全であるかを説明する理論ということです。これから、この広い意味での「神義論」、ヴェーバーが用いた意味での「神義論」について考えていきたいと思います（なお、ヴェーバーは「幸福の神義論」についても論じていますが、ここでは触れません）。

今、「不幸な出来事の原因を説明する理論」を広い意味での「神義論」と呼ぶと申しましたが、少し考えればすぐに分かるように、人々が「なぜ私にこんな災難が降り掛かるのだろうか」と嘆くとき、それは単に不幸な出来事の物理的な原因の説明を求めているのではありません。例えば、誰かが交通事故に巻き込まれてしまい、「なぜこんな酷い目に遭わなければならないのだろうか」と問うたとき、その人に対して「雨が降っていたために道が滑りやすくなっていて、辺りが暗くて、車がスピードを出し過ぎていて……」などと説明してもその人は納得しないでしょう。その人は決してそういう意味での事故の原因を尋ねているのではありません。人々がそのような問いを発するとき、それは「あの人でもこの人でもなく、他ならぬこの私に不幸なことが生じた。それが当然なのだということを示して欲しい」と要求しているのです。

この「あの人でもこの人でもなく、他ならぬこの私に不幸なことが生じた。それが当然であることを示して、私を納得させて欲しい」と要求する人間の心には、どのような考えが潜んでいるのでしょうか。こういう問いを発する人の心理を考えてみますと、どうやら、人間の性質や行為の善し悪《よあ》しと、人間に降り掛かる幸・不幸の質や量がうまく一致していないことに対して不平不満を述べているのではないかと思われます。つまり、私たち人間は絶えず何らかの行為を行っていますが、その行為の中には善い行い・立派な行いもあれば、悪い行い・罪深い行いもあります。そして、善い行いをした人に幸福な出来事が起こり、悪い行いをした人に不幸な出来事が襲い掛かれば、誰も文句を言わないのではないでしょうか。日本語でよく「罰《ばち》が当たる」と言いますが、もし悪いことをした人にだけ悪いことが起こるのであれば、私たちは「それが当然だ。この世はうまくできている」と納得することでしょう。しかし、現実には、善い行いをしたのに不幸な出来事が生じたり、悪い人間が得をしたり栄えたりするので、つまり、人間の性質や行為の善し悪しと、人間に降り掛かる幸・不幸の質や量が一致していないので、人々は不平を零すわけです。「あの人でもこの人でもなく、他ならぬこの私に不幸な出来事が生じた。それが当然であることを示して欲しい」という疑問を抱くとき、人は「自分はこんな不幸な目に遭うような悪いことをした覚えはない。正しい自分がこんなに苦しむなんて、全く不公平だ」という不満を述べているわけです。

先ほど申しましたように、ヴェーバーは「不幸の原因を説き明かすことが、宗教の果たすべき、また実際に果たしている重要な役割の一つである」と考えました。そして、これまでお話ししてきましたように、「不幸の原因を説明する」とは、「人間の側の善し悪しと、人間が味わう苦しみの質や量の多い少ないとがきちんと比例していないということ――人間にとって不平不満の種になるこの腹立たしい事実を何とか納得できるように説明する」ということです。そこで、ヴェーバーは「神義論」のことをさらに詳しく「運命と功績の不一致の根拠に関する問い」を解明する理論であるとも呼んでいます。「運命」とは人間に降り掛かる幸福な、或いは不幸な出来事であり、「功績」とは人間の行為の善し悪しのことです。「運命」と「功績」が一致していないということ、言い換えれば、「因果応報」の法則が破綻しているということが人間にフラストレーションを引き起こすのであり、その不満足感を鎮めるのが「神義論」の役割です。

この問題意識をもって世界の諸宗教を眺めてみますと、例えば古代インドに発達した業《ごう》の思想と輪廻転生の思想とは、人間の側の善悪と不幸の質・量の多少が実はぴったり一致しているのだということを巧みに説明してくれる理論です。

「業」、サンスクリット語で「カルマン」とは、頭の中で考えたり、口に出して言ったりすることも含めた、私たち人間の行い・振る舞いのことです。しかし、特に「業」と言いますと、善い行いをした場合にはその結果として必ず善いことが生じ、悪い行いをした場合にはその報いとして必ず悪いことが起こる、という思想を含んでいます。つまり、人に善いことが起こった場合も悪いことが起こった場合も、それはその人自身が招いたこと、「業報」なのです。従って、人間はこの世で生きている間に様々な幸・不幸の出来事に遭遇しますが、それらの責任は全てそれぞれの人に、一人ひとりの人間にあるというわけです。不幸な出来事が起こったからといって誰にも文句を言うことはできません。それは自分がかつて行った悪い行いが招いたことだからです。

ところが、この世の中だけを見ますと、先ほどからたびたび申し上げているように、善人だけが幸福になり、悪人が必ず不幸になるというふうにはなっていないことが明らかです。そこで、輪廻転生の思想が重要になります。輪廻の考えによると、人間を含めたあらゆる生き物の霊魂が死んでは生まれ変わり、また死んでは生まれ変わりを繰り返しています。そこで、この世だけを見れば、善いことばかりしている人に不幸な出来事が生じるというような、はなはだ不公平で理不尽なことが起こっているかのように思われますが、実はその人は前世、前の世で悪いことをした報いを現世、今の世で受けているというわけです。従って、不公平なことは何もないのです。古代インドの人々はこのような考えを持っていましたし、現代でもアジアを中心として、世界各地にこのような考えを持って暮らしている人々がたくさんいます。一般の人々は、不幸な出来事が起こっても、前世での自分の行いが招いた結果だと考えて受け入れ、耐え忍び、現世での人生を清く正しく生きていくことによって、来世でよりよい境遇に生まれ変わることに望みを懸けます。それに対して、ヴェーバーが「宗教的達人」と呼んだ、宗教的な感受性の強い人々、仏教の開祖であるブッダやジャイナ教の開祖であるマハーヴィーラのような人々は、無意味に繰り返される輪廻転生の輪から抜け出してニルヴァーナ（涅槃《ねはん》）の境地に至る、一言で言えば「解脱」することを目指しました。

さて、しかし、業と輪廻の思想についてはこれくらいにしまして、次に、福音書に描かれたイエスの言葉に目を転じたいと思います。「なぜ他ならぬこの私が不幸な目に遭わなければならないのか」と嘆く人に対して、イエスはどのような態度を取っていたのでしょうか。どのような答えを用意していたのでしょうか。この問題について、「マタイによる福音書」第20章第1～16節「ぶどう園の労働者のたとえ」を手掛かりとして考えてみたいと思います。

ぶどう園は神の国を、その主人は神を象徴的に表わしています。主人は夜明けに出掛けていって、一日につき一デナリの約束で労働者を雇います。九時、十二時、三時にも同じようにします。五時になってさらに出掛けてみると、まだ労働者がいたので、彼らも雇います。支払いの時間になり、最後に来た労働者から順番に一デナリずつ受け取ったものですから、朝から働いていた人々はてっきりもっと多くの賃金を貰えるのだろうと思っていたら、やはり一デナリしか貰えませんでした。

皆さんは、この譬え話を聞いて、どう思われたでしょうか。

私は、この話の凄いところは、聞き手の反応によって、この話が聞き手の立場を明らかにする点にある、と思います。つまり、聞き手がこの話にどう反応するかによって、聞き手の立っている立場が露わになるのです。

この話を聞いた人の反応は二つに分かれるのではないでしょうか。

一方には「どうもこの話はよく納得できない。聞いて釈然としない。すっきりしない。もやもやしたものが残る。もっとよく説明して欲しい」と感ずる人々がいることでしょう。他方には「この話はまったく素晴らしい。感動した。これ以上の説明は要らない。神の国とは何とよい所であろうか」と素直に喜ぶ聞き手がいることでしょう。

実は、私も初めてこの話を読んだとき、釈然としなかったのです。資本主義社会であれ計画経済社会であれ、経済の発達した現代社会でこんなことをそのまま文字通りに行ったら、世の中が滅茶苦茶になってしまうことでしょう。それはともかく、「この話は納得できない。こんなのは不公平だ。理不尽だ」と感ずる人々はどのような考え方をしているのでしょうか。そういう人々は、他者の業績、つまり他の人々が達成したことと、自分の業績、自分がやり遂げたこととを比べて、自分はこれだけのことをやったのだから、自分の報酬、自分の取り分はこれくらいあるだろうと計算するような考え方をしているのです。この譬え話に出てくる、朝から働いていた労働者の考え方です。彼らは、一時間しか働かなかった人々の業績と自分たちの業績を比較して、自分たちはもっとよい待遇を受けてもよいはずだと考えました。

実は、これらの人々にもちゃんと約束された通りの報酬が支払われています。従って、本来なら、「今日も仕事が与えられた。一日、元気で働くことができた。そして、しかるべき賃金を貰った」――そうしたことを喜ぶべきでありましょう。しかし、これらの人々は自分たちの業績を他者の業績と比較して、自分たちはもっと貰って当然だと考えました。ところが、正にそう考えることによって、これらの人々は自分たちで自分たち自身を不平不満の塊にしてしまったのです。

他方、この譬え話を聞いて、この話の趣旨を直ちに理解し、「神の国は何と素晴らしい所だろうか」と素直に感動する人々がいることでしょう。それはどういう人々かというと、この譬え話に出てくるような仕事にあぶれた人々、或いはそれに似た状況に置かれている人々です。最後に雇われた労働者は、一日中、遊んでいたわけではありません。彼らも仕事をしたかったのですが、その日の経済状況が悪くてそのチャンスが与えられなかったのです。この当時、仕事にあぶれるということは、恐らく食べ物を手に入れられなくて飢えるということを直ちに意味したことでしょう。仕事が見付からなかったときの不安はいかばかりであったでしょうか。特に養わなければならない家族がいれば、なおさらそうであったことでしょう。

こうした人々は、自分たちが誇るべきことを何も達成していないということをよく自覚しています。従って、こうした人々は、自分たちの業績を他の人々の業績と比べることなど思いも付きません。そもそも比べるべき業績がないのですから。彼らは、主人に対して自分たちが何も要求できないということをよく弁《わきま》えています。彼らは自分たちが主人の恵みに頼る、主人に依存する以外に仕方がないということをよく知っているのです。ここで主人は神を象徴的に表わしています。イエスにとって神の前にある人間とは正にこういう存在でありました。イエスの考えでは、神の前に立つ人間は全て自分を誇ることなどできません。人間は誰でも、神の恵み・神の愛に縋《すが》るしかないような存在なのです。イエスはこうした人々に対して語り掛けているのです。先ほどの不平を述べる労働者たちの方は放っておいてもよいのです。なぜなら彼らは自分たちの業績に自信があるのですから。彼らは自分たちで自分たちのことが好きでたまらないのです。問題は、この後の方の労働者――自分たちで自分たちをどうすることもできないような人々の方です。イエスは正にこうした人々に神からの恵みが直接、十二分に与えられるということを示そうとしました。

今、読みました「ぶどう園の労働者のたとえ」はたいへん厳しく辛辣《しんらつ》な語り方になっていますが、同じような内容をもっと優しく美しく述べたのが、「ルカによる福音書」第15章第11〜32節にある「放蕩息子のたとえ」です。或る人に息子が二人いました。弟の方が父親から財産を分けてもらい、遠い国へ行って放蕩の限りを尽くし、その財産をすっかり使い果たしてしまいました。遂に豚の餌を食べて飢えを凌ぐまでに身を持ち崩したとき、彼は深く反省し、父親の所に帰って使用人の一人として雇ってもらおうと思いました。父親はこの息子の帰宅を喜び、上等の着物を着せ、子牛を屠り、祝宴を始めました。

ところが、この知らせを聞いて、お兄さんの方はすっかり腹を立ててしまいます。兄は父親の言い付けをよく守って一生懸命に働いてきました。それなのに、友達と宴会をするために子山羊一匹すら貰ったことはありません。それにも拘らず、ぐうたらな弟が身上《しんしょう》を食い潰して帰って来ると、父親は兄に対する以上の扱いを弟にしてやるのです。これを怒らずにいられるでしょうか。先ほどの「ぶどう園の労働者のたとえ」に当て嵌めて考えると、兄は朝から働いた労働者、弟は一時間しか働かなかった労働者に相当します。

このお兄さんは全く立派な人物でして、実は私は密かにこの話の本当の主人公は兄の方ではないかと考えているくらいなのですが、それはともかく、このお兄さんは恐らくこれまで父親に対して不平不満を言ったことなどなかったのでしょう。父親と仲良く暮らしていたのです。そこに弟が帰って来ました。お兄さんにとっては、自分の立派さ・素晴らしさを比べることのできる相手が、比較の対象が帰って来たのです。兄は直ちに自分の業績と弟のしでかしたことを比較して、「自分は弟よりももっとよい目を見てもよいはずだ。自分の報酬・自分の取り分はもっとあるはずだ」と考えました。しかし、まさにそう考えたことにより、自分で自分を不平不満の塊にしてしまいました。自分で自分を不幸にしてしまったわけです。

父親の言葉にもあるように、それまでこの兄は、父親の持っているものは全て自分のものであり、自分のものは全て父親のものであるという、父親との一体感の中で暮らしていたはずです。もし彼が、自分も父親から恵みを与えられている人間であり、父親と常に一緒にいるという幸せをよく弁えていたら、弟に対して腹を立てなかったはずです。弟の帰宅を一緒に喜んだはずです。しかし、彼は自分の行いの善し悪しと弟の行いの善し悪しを比較し、自分で自分の優秀さを判断したために、父親との一体感をなくしてしまいました。

ここでも父親は神を象徴的に表わしています。人間は本来、神との一体感の中に、つまり、人間のものは全て神のものであり、神のものは全て人間のものであるという神との一体感の中に生きるべき存在です。もし人間が自分で自分を誇れば、その一体感を壊してしまうのです。

「ぶどう園の労働者のたとえ」における朝から働いた労働者と一時間しか働かなかった労

働者の対比、「放蕩息子のたとえ」における働き者の兄と放蕩息子の弟の対比を、コヘレトの言葉とイエスの言葉の相違において端的に見ることができます。コヘレトにとっては「善人でありながら悪人の業の報いを受ける者があり／悪人でありながら善人の報いを受ける者がある」（「コヘレトの言葉」第8章第14節）ことは空しさを引き起こしました。善人にも悪いことが生じ、悪人にもよいことが生じるのを空しいと感じているのです。それは彼が自分を「善人」と見なす立場に立っているからです。彼はこの世界における因果応報の法則の破綻に空しさを覚えているのです。

全く同じ出来事が、即ち父なる神が「悪人にも善人にも太陽を昇らせ、正しい者にも正しくない者にも雨を降らせてくださる」（「マタイによる福音書」第5章第45節）ことが、逆に、イエスにとっては喜びの原因となりました。それは彼が「悪人」——と言いますか、「悪人」として虐げられていた社会的弱者の立場に身を置いていたからです。

イエスの考えでは、人間は神の前では全て「悪人」でした。イエスによれば、人間はそもそも神によって造られた存在であり、幸福なときも不幸なときも常に神によって支えられており、神の恵みに縋ることなしには生きていけないような存在でした。従って、人間は神に対して何も誇ることはできません。人間には神に対して不平不満を言う権利などないのです。イエスは「人間の業績など神の前では無に等しい」と考えていました。

　これはずいぶん厳しい考え方です。私たちが、不幸な目に遭ったとき、神に対して不平不満を言いたくなるのは当然ではないでしょうか。なぜイエスはこれほど厳しい言葉を人々に突き付けることができたのでしょうか。他の誰かが、例えば私が皆さんに向かって「人間は神に対して自分の業績を誇ることはできません。人間は神に対して何の報酬を要求する権利もないのです」と語ったとすれば、それは単に傲慢なだけです。そんな思い上がった人の言うことに耳を傾ける必要はありません。

　しかし、イエスだからこそそのような厳しい言葉を語ることができたのです。なぜならイエスは、そのような厳しい言葉を突き付ける一方で、本当に苦しんでいる人々に対しては溢れんばかりの神の愛を与えたからです。本当に苦しんでいる人々とは、自分の業績を他の人々と比べることなど思いも付かないほど、自分自身に絶望している人々のことです。罪に汚れた人々、重い病気に罹っている人々、悪霊に取り憑かれた人々――そうした人々の中でも特に、自分の正当性を主張することなど思いも付かないほどうちひしがれている人々、神に縋るしか仕方のない人々に、イエスは喜びをもたらしました。イエスははっきりと「わたしが来たのは、正しい人を招くためではなく、罪人を招くためである」と述べています（「マルコによる福音書」第2章第17節）。イエスが譬え話を語ったとき、人々は神の国が到来したことを確信しました。イエスが罪を赦したり病気を治したりしたとき、人々は神の恵みを実感しました。イエスは最後には自らの命を投げ打って神の赦しを示しました。要するにイエスは自らの教えや行いや生き様によって溢れんばかりの神の愛を直接指し示したのです。

なぜこの世には苦しみが存在するのか。なぜ神は人間が苦しみを味わうような世界を造られたのか——イエスは結局、この問いには答えていません。答える必要がなかったのです。と言うのも、まず第一に、人間は神によって造られた存在であり、人間のものは全て神のものであって、従って人間は神に対して不平不満を言う権利などないからです。そして第二に、これが大切なことですが、イエスの働きによって、今や苦しみが喜びに変わるからです。イエスは神の国の到来を告げ知らせました。それは、大いなる苦しみが大いなる喜びに転ずることを意味しています。貧しい人々は富み栄え、飢えている人々は満腹になるまで食べ、泣いている人々は笑い、争いの中にいる人々には平和が訪れるのです。イエスの活動を目の当たりにした人々の喜びはどれほど大きかったことでしょうか。そんな喜びの中にあって、今さら誰が苦しみの原因を尋ねるでしょうか。敢《あ》えて言うならば、イエスにとって人々の苦しみは、それを喜びに変えるために存在した、ということになりましょう。

そんなイエスの活動は二千年前のパレスチナで終わったのではありません。私たちはイエスに今ここにおいても出会うことができるのです。自分で自分を誇ることをやめればよいのです。仕事にあぶれて一日中立ち尽くしていた労働者の立場に立てばよいのです。そうすれば、私たちは自分のものなど何一つないことに気付くでしょう。この世界に存在するあらゆる物事、この世界に生じるあらゆる出来事は神のものであることに気付くでしょう。全ては神の所有物です。ところが、正にそれ故に、全ては私たち一人ひとりのものなのです。善も悪も、喜びも悲しみも、私たちの命そのものも、全て神のものであり、私たち一人ひとりのものなのです。

そうです。私たちの命そのものも神のものです。私たち人間はいつも自分の生きている人生を「私の命」と考えていますが、自分で自分の命を作り出した者など誰もいないはずです。命というのは人間が自分で作り出したものではなく、いついかなるときでも神の側から与えられているものです。ですから、私たちが「私の命」「あなたの命」「妻の命」「娘の命」などと考えているのは実は間違いで、本来はすべて「神の命」と言わなければならないのです。

私は時々、私の寿命は後どれくらいだろうかと考えます。後、二十年生きられるのか、十年生きられるのか、ひょっとすると明日死ぬのか。そう考えると、自分の体が硬直してすっかり縮んでしまい、意識も薄れていく日のことが思い浮かびます。しかし、それは「私の命」と見なすから、そんなことを考えるのであって、実は「神の命」です。するとそれは永遠の命であることが分かります。私たち一人ひとりには初めから永遠の命が分け与えられていたのです。「私の命」「あなたの命」と考えると、長いものもあれば短いものもあるように思われますが、実は等しく永遠の命なのです。私たちは一人ひとり永遠の命の一コマを生きています。私たちが命の歩みにおいて喜ぶとき、悲しむとき、神も共に喜び、悲しんでおられます。

しかし、永遠の命なのですが、それを私という個人が神から無償で、ただで分け与えられている期間はほんの少しの間だけであることにも気付かされます。かつて神は、私が頼んでもいないのに、私に命を貸し与えられました。そして神はいつの日か、私が望んでもいないのに、私から命を取り上げられます。永遠の神の命のひとかけらが私に無料で貸し出されているのは後、二十年か、十年か、一日か。それを思うと、この貴重な命を浪費してはいけないという思いに捉われます。神の教え諭しを守って生きていかなければという思いが湧き上がってきます。イエスご自身の言われた「神を愛し、隣人を自分のように愛しなさい」という教えであり、「受けるよりは与える方が幸いです」という諭しです。

もし私が束の間貸し出された命を、自分の欲望を満たし、自分の業績を誇るためだけに用いれば、私は永遠の命から切り離され、死が訪れるとき、私の人生は虚無と化し、私は空しさと寂しさと後悔と恐怖に襲われることでしょう。もし私が、たとえ一瞬でも、隣人愛を実践し、受け取るよりも与え尽くすことに命を捧げるならば、私の命は永遠の命と一体化するのです。

そんな心境になるのは難しいと思われるかも知れません。確かにそうです。私たちはいつも自分が一番可愛く、自分のことだけを考え、自分のことを何かしら誇っています。そして、そのことによって神から切り離されて孤立してしまいます。永遠の命から切り離されて虚無に飲み込まれてしまいます。しかし、どのように足掻《あが》いても自己中心性から離れることのできない自分自身に絶望すればよいのです。そのとき、私たちはイエスに出会うことができるでしょう。イエスが今も生きて働いていて、私たちが悩み苦しむときに共にいてくださることが分かるでしょう。

5

退職後、八色先生は大阪市西成区あいりん地区、いわゆる釜ヶ崎に移り住み、労働者を支援する事業に携わった。

先生は労働者のために食事を炊き出し、夜回り・声掛けし、宿泊施設を確保し、書類を代筆し、手配師と渡り合い、市役所と掛け合った。朝から仕事にありつける労働者もいれば、あぶれて一日中立ち尽くす労働者もいた。一人ひとりが尊い隣人であった。そこには先生にとって新しい出会いと別れがあったが、それはまた別の物語である。私はそれをお話しする機会をいつか持つかも知れない。

「こんなことをしていても、非人間化の度合いを増しつつある資本主義を補完するだけのことではないのか」と自問することもあった。しかし、目の前に困窮した労働者が現れると、活動を続けないわけにはいかなかった。労働者を見ると、先生の頭の中に声が聞こえるのであった。

「水を飲ませてください………もしあなたが、神の賜物を知っており、また、『水を飲ませてください』と言ったのがだれであるか知っていたならば、あなたの方からその人に頼み、その人はあなたに生きた水を与えたことであろう」

八色先生は生涯の最後の二十五年間をそのように捧げ尽くし、そして死んだ。

八色先生が大学を退職してから四、五年経ったころ、キリスト教徒による社会事業について調査する必要があり、私はあいりん地区を訪れ、先生にお会いした。先生がまだ神学部に勤めていたころは、学問分野が違うこともあり、余り親しく話し合ったことはなかったが、そのときはすっかり意気投合し、二人で夜遅くまで話し込んだ。

かつての暗鬱な雰囲気に包まれた八色先生の姿を記憶していた私は、先生が晴れやかに奉仕活動に勤しんでいるのを目の当たりにして意外の念に捕らわれた。思わず口を衝いて質問が出た。

「先生はどうやってご不幸を乗り越えられたのですか」

「しまった」と思ったときは遅かった。妻子に先立たれるというような不幸を乗り越えられるはずがないのだ。これほど深い心の傷は、一旦は塞がったかのように見えても、ちょっとした切っ掛けでまたざっくり開き、苦悩の血を吐き出すことになる。それなりに経験を積んだ現在の私であれば、あんな愚かな質問はしないが、そのころは私もまだ若かった。

ところが、八色先生は嫌な顔一つせず、「先生」と私に呼び掛けた。先生は私のような年の二回り離れた後輩もきちんと「先生」と呼んだ。

「私に向かってその質問を発したのは後にも先にも先生一人だけです。誰も私の前では妻と娘のことを話題にしません。皆、私のことを気の毒がってくれているのでしょう。或いは、どうやって話し掛けたらよいのか分からないのかも知れません。余りにも気まずい話題なのでしょう」

そう前置きしてから語って聞かせてくれたのがこの話である。傍《はた》から見れば、八色先生は娘を奪い去られ、妻を奪い去られ、さらには自分自身の人生までも奪い去られた、というだけの話である。しかし、この話の真偽や価値を判断するのは私の役目ではない。どれほど矛盾に満ちた荒唐無稽な物語に思われようとも、先生は自分に襲い掛かった苦難の「意味」を見出したのであり、それ故、生き続けることができたのである。

最後に八色先生はこんなことを私に訊いた。

「先生は終末の到来を信じていますか」

「建前としては。でも、終末は永遠の彼方にまで先送りされました[5]」

「復活は？」

「キリストの復活ですか、万人の復活ですか」

「その両方です」

「建前としては、両方とも。本音としては、象徴的な意味で信じています。メタファーとして」

5　イエスやパウロは終末が間近に迫っている、それどころか、今この瞬間に現れつつあると考えていた。現在でも「福音派」のキリスト教徒の中には終末が今日・明日にもやって来ると信じている人々がたくさんいる。リベラルなキリスト教徒は終末の到来は永遠の未来にまで延期されたと考えている。

「なるほど。リベラルですねぇ」と言って先生は笑った。「文字通りの意味では信じていないということですね。では、神学部の教員の中で最も理性的と名高い先生にお尋ねしましょう。完璧な虚無から何かが創造されることと、かつて存在していたものが一旦は破壊されたが復元されることと、どちらの方がより簡単で、よりあり得そうに思われますか。確率の問題ですが」

「全くのゼロから何かを創り出すよりも、壊れたものを修復する方が簡単でしょうね」

「人間を含むあらゆるものは無から創られました。虚無が存在へと変えられたということです。こんな奇跡的なことが既に起こっているのですから、より簡単な、より確率の高い死者の復活もあり得ないことではないのではないでしょうか。私にはそう思われて仕方がないのです。

或いは、こんなふうに表現することもできるでしょうか。私たちが生まれたということは、命のなかったものが命のあるものに変化した、死に絶えていたものが生きているものへと蘇ったということです。つまり、第一回目の復活は既に起こっているのです。だとすれば、二回目もあり得るのではないでしょうか。もしかすると、三回目や四回目も」

「何だか輪廻転生に似てきましたね」と私が言うと、先生はまた笑った。

八色ヨハネ先生

あの最後の会話を思い出しながら私は今、問うてみる。八色先生は本当に死んだのかと。奥さんは、お嬢さんは、本当に死んでしまったのか。


「少女は死んだのではない。眠っているのだ」

人々はイエスをあざ笑った。

群衆を外に出すと、イエスは家の中に入り、少女の手をお取りになった。すると少女は起き上がった。


八色ヨハネ先生、終末の日が来るまで安らかにお眠りください。

もし本当にその日が来れば、先生は永遠に朽ち果てることのない肉体を纏って復活されることでしょう。奥様とお嬢様も復活されるでしょう。その日にはもう別離も喪失も悲哀も苦悩もなくなっていることでしょう。終末とは、滅亡ではなく、再創造のことなのですから。私もそんな日が本当に来ればよいのにと心から思います。

この話を八色先生から聞かされてから二十年が過ぎ去った。

先生はこの話を他の誰にも話したことがないとおっしゃった。先生は嘘の吐けない人であったので、この話は私しか知らないのであろう。

その私も徒《いたずら》に馬齢を重ね、間もなく定年退職を迎えようとしている。それどころか、既にいつ死んでもおかしくない年齢に達した。私が死んだら、この話を伝える者がいなくなるので、ここに書き記しておく。

追記：
八色先生は献体の遺志を届け出ておられたので、ご遺体は解剖に付された。
先生がいつも着ていたジャケットの内ポケットは二重になっていて、その中には奥さんと娘さんの写った写真が何枚か入っていた。デジタル写真などない時代に撮影されたスナップ写真であった。
衣服を脱がせると、先生は首からお守りのような小さな袋を提げていた。もともとは純白の布で織られたその袋の汚れ具合から見て、先生はそれをいつも肌身離さず身に着けていたらしい。

中を開けてみると、そこにはたった今、樹木から捥《も》いだばかりのように瑞々《みずみず》しく、柑橘《かんきつ》類の甘酸っぱい芳香を豊かに放つグレープフルーツの皮が入っていたそうである。

後書き

世の中には、小説に書かれていることが全て現実にあったと思い込んでしまう奇特な方々がいらっしゃるので、敢えてお断りを申し上げておきますと、本作に登場する「八色ヨハネ」という名前の人物はもちろんのこと、そのモデルとなった人物も実在しません。同志社大学神学部元教授のうち私が直々に教えを乞うた先生方の中で、ご子息に先立たれた方がいらっしゃいましたが、この物語とは無関係です。当然のことながら、八色先生の奥さんも娘さんも、二人のモデルとなった人物も実在しません。

読者の中には、著者は自分の体験を小説に書き上げたのではないかとお考えになる方がいらっしゃるかも知れません。しかし、私は生涯、独身であったので、もともと妻も娘もいません。尤も、妻と娘は「予め失われていた」とも言えますが――。いずれにせよ、全ては私の創作です。

しかし、本作には事実から取られたエピソードが二つばかり紛れ込んでいます。

一つは教会を標的にしてバケツリレーで消火訓練を行うという挿話で、私の同僚で同志社大学神学部教授である村山盛葦先生のお祖父様・村山盛春氏が、戦時中に牧師をされていたときに実際に体験されたことです。この話を聞かせてくださった村山先生に、この場をお借りしてお礼を申し上げます。

今一つは、私の恩師で同志社大学神学部名誉教授・学校法人同志社元理事長の故・野本真也先生の実体験です。

野本先生は牧師のご子息でしたが、子どものころは理系の学問がお好きで、将来はエンジニアを目指しておられました。ご自分で鉱石ラジオを組み立てて悦に入っておられたところ、お父上の教会を伝道講演のために訪問した同志社大学神学部元教授・魚木忠一先生から、

「真也君、それで神様の声が聞こえますか」

と窘《たしな》められたそうです。脚色したかったのですが、余りにも完璧なエピソードなので、ラジオをアマチュア無線に替えただけで使用させていただきました。野本先生の御霊《みたま》にお礼を申し上げます。

なお、本作の「4」に挿入した「神義論とイエス」の主要部分は、一九九八年一〇月一

四日に同志社大学今出川校地で開催された水曜チャペル・アワーにおいて私が語った奨励を文章化したものであり、一九九九年二月二〇日に同志社大学キリスト教文化センターより発行されて学内でのみ配布された小冊子『月刊チャペル・アワー』(第二二一号)の七一～九六ページに掲載されたものであることをお断りいたします。

また、聖書からの引用は、日本聖書協会刊行の『口語訳』(一九五五年改訳版)と『新共同訳』(一九八七年版)を参照させていただきました。

本作は、筆者も思い掛けないことに、第二回Reライフ文学賞長編部門最優秀賞を受賞するという身に余る光栄に浴しました。末筆ではありますが、特別選考委員を務められた内館牧子先生、Reライフ読者会議・選考委員の皆様方、竹野成人氏、小林拓氏、片山航氏をはじめとする文芸社の皆様方、朝日新聞社Reライフプロジェクトの皆様方、そして、本書をお読みいただいた全ての皆様方に衷心より感謝を申し上げます。ありがとうございました。

二〇二三年三月

三宅威仁

著者プロフィール

三宅 威仁（みやけ たけひと）

1956年、大阪府生まれ。
1980年、同志社大学神学部卒業。
1983年、同志社大学大学院神学研究科
博士課程前期課程修了。
1992年、シカゴ大学大学院社会学部
M.A. 課程修了。

八色《やいろ》ヨハネ先生

2023年９月15日　初版第１刷発行

著　者　三宅 威仁
発行者　瓜谷 綱延
発行所　株式会社文芸社
〒160-0022　東京都新宿区新宿1－10－1
電話　03-5369-3060（代表）
03-5369-2299（販売）

印刷所　図書印刷株式会社

ISBN978-4-286-24606-2